AF404942

LE BATTEUR D'ESTRADE

PAR PAUL DUPLESSIS.

QUATRIÈME SÉRIE.

DEUXIÈME PARTIE

— SUITE —

VIII

LES DEUX RIVAUX.

Le surlendemain de l'arrivée des aventuriers du marquis de Hallay sur la côte mexicaine, la route qui conduit de Guaymas à la Ventana présentait, dès le point du jour, un coup d'œil aussi pittoresque qu'étrange et animé : celui de la marche de cette troupe hétérogène.

Depuis l'astucieux et chétif Chinois jusqu'au robuste et brutal Kentuckien, cette petite armée, composée d'environ deux cents hommes, comptait dans ses rangs des représentants de toutes les nations. Toutefois, l'élément français l'emportait de beaucoup comme nombre sur tous les autres.

Le voyageur que le hasard aurait mis inopinément en présence de cette multitude indisciplinée et bruyante, n'aurait certes pas hésité un seul instant à tourner bride et à s'enfuir au galop ; jamais certes, depuis les grandes expéditions des Boucaniers de l'île de Saint-Domingue, expéditions que des succès fabuleux rendirent historiques, pareille réunion de bandits n'avait foulé le sol de l'Amérique espagnole.

La plupart de ces aventuriers, ivres des suites d'une colossale orgie, accomplie la veille au soir pour célébrer leur entrée en campagne, chantaient, ou, pour être plus exact, hurlaient les chants patriotiques de leur nation. La *Marseillaise*, le *God save the Queen* et le *Yankee doodle* formaient un ensemble des plus désagréables et des plus discordants. Aussi plusieurs Américains avaient-ils, eux ordinairement si froids et si impassibles, des larmes d'attendrissement dans les yeux. Les citoyens des États-Unis, nous l'avons déjà dit, sont extrêmement sensibles au bruit de la voix humaine et surtout à celui des instruments de cuivre, à la condition que les voix et les instruments ne soient pas d'accord ; or, cette fois ils étaient servis à souhait.

Si cette troupe présentait une incroyable diversité de costumes, elle offrait, en revanche, une certaine uniformité d'armement ; chaque homme, à très-peu d'exceptions près, avait un coutelas, un revolver et une carabine ; les Chinois, eux, portaient des casseroles et de petits chaudrons en fer ; car les quelques fils du Céleste Empire qui suivaient l'expédition s'étaient tous enrôlés en qualité de cuisiniers. Le Chinois n'est pas insensible à la gloire, mais il lui préfère le pot-au-feu.

Vingt mules étaient chargées des ustensiles nécessaires aux campements ; dix autres, de petits barils de poudre et de sacs en cuir contenant des balles ; quant à l'artillerie, qui avait si fort effrayé et émerveillé la population de Guaymas, elle se réduisait à un seul petit canon de quatre.

Sur les deux cents aventuriers placés sous les ordres du marquis, une trentaine à peine étaient montés ; les autres suivaient à pied. M. de Hallay, entouré par un état-major volontaire et composé à peu près uniquement de Français, se tenait en tête de la colonne. Il était alors quatre heures de l'après-midi ; les aventuriers, partis de Guaymas au point du jour, marchaient depuis près de douze heures ; aussi de nombreux retardataires étaient-ils couchés le long du chemin.

— Ne pensez-vous pas, cher marquis, dit à M. de Hallay ce même Français qui lui avait prêté ses pistolets le soir de son fameux duel aux flambeaux, dans *la Polka*, avec le chercheur d'or Jenkins ; ne pensez-vous pas, cher marquis, que notre première étape est un peu longue, et ne craignez-vous pas que ce pénible début ne refroidisse l'enthousiasme de beaucoup des nôtres, et, ce qui serait plus grave, n'en mette un certain nombre dans l'impossibilité de continuer leur chemin ?

— Votre observation, fort juste, cher monsieur, répondit le marquis, a dû naturellement déjà se présenter à ma pensée ; deux motifs m'ont déterminé à ne pas en tenir compte... le premier, c'est que notre séjour à Guaymas a été signalé à toutes les autorités militaires du département de Sonora, et que le général commandant lève en ce moment le ban et l'arrière-ban des troupes et des milices pour marcher contre nous... Je sais fort bien que nous passerions aisément sur le corps de cette armée... mais je trouve qu'il est préférable de ne pas engager des hostilités stériles !... Quand sonnera l'heure de la vraie lutte, nous n'aurons pas trop de nos forces pour disputer notre vie aux Indiens ; et puis, transporter les blessés, car l'armée mexicaine pourrait bien nous estropier une dizaine d'hommes

pendant la bataille, surtout si cette bataille se prolongeait deux ou trois jours, retarderait notre marche, et exigerait l'emploi de mules dont les services nous sont précieux !.. Quant au second motif qui m'a fait accélérer notre marche, il est encore plus décisif peut-être que celui que je viens de vous expliquer..., seulement, il doit rester secret jusqu'à demain... La moindre indiscrétion me vaudrait un insuccès.

La façon dont le marquis avait donné ces explications, c'est-à-dire en élevant graduellement la voix et en parlant lentement, de manière à éveiller l'attention et à être entendu de tous les Français qui l'entouraient, permettait de supposer qu'il obéissait à une pensée intime et qu'il suivait un projet personnel et caché. Depuis quelques instants, M. de Hallay semblait interroger l'horizon. A peine achevait-il de donner ces explications, que, reprenant vivement la parole :

— Messieurs, ajouta-t-il, un rendez-vous important sollicite impérieusement ma présence à une certaine distance d'ici ; ne vous préoccupez pas, je vous prie, de mon absence momentanée, et ne prenez pas la peine de m'attendre. Je vous rejoindrai avant peu.

Le marquis, sans attendre une réponse, éperonna son cheval et s'éloigna au galop.

Dix minutes plus tard, il abordait miss Mary et le Canadien Grandjean.

Le jeune homme prit à peine le temps de saluer l'Américaine.

— Eh bien ? lui demanda-t-il.

Miss Mary regarda quelque temps le marquis avant de lui répondre, puis d'une voix qui exprimait à la fois la douleur et l'ironie :

— Vous êtes resté un mois de trop à San-Francisco, monsieur, lui répondit-elle.

— Quoi ! Antonia n'habiterait plus la Ventana !

— Au contraire !

— Que signifie cet « au contraire, » miss Mary ? Vous venez, si je ne m'abuse, d'appuyer sur ce mot d'une façon toute particulière...

— Cela signifie, marquis, que jamais le séjour de la Ventana n'a dû être plus agréable et plus cher à la señorita Antonia qu'en ce moment-ci !...

— Pourquoi ?

— Parce qu'elle n'y est pas seule.

— Ah ! et avec qui est-elle ? avec M. d'Ambron, sans doute ? N'est-ce pas, elle est avec le comte ?...

L'Américaine, avant de répondre, fixa de nouveau sur le marquis des yeux brillants de fièvre, puis d'une voix lente et énergiquement accentuée :

— La comtesse d'Ambron connaît trop bien ses devoirs et aime trop son mari pour vivre loin de lui, dit-elle.

Cette réponse produisit un effet extraordinaire sur M. de Hallay ; ses joues prirent une blancheur de marbre ; ses lèvres s'agitèrent comme mues par un tic nerveux, et les extrémités de ses sourcils se rejoignirent, encadrant un réseau de veines démesurément gonflées qui lui sillonnaient le milieu du front. Un silence de près d'une minute interrompit l'entretien de l'Américaine et du marquis. Ce fut ce dernier qui renoua la conversation.

— Vous avez parlé sérieusement, miss Mary ?

— Regardez-moi bien en face, monsieur, dit l'Américaine d'une voix sourde, et si après vous doutez encore de ma véracité, c'est que vous n'avez jamais aimé.

M. de Hallay considéra alors la jeune fille, que, dans son impatience d'avoir des nouvelles d'Antonia, il avait remarquée à peine, et cet examen amena tout aussitôt un cri d'étonnement sur ses lèvres. Le changement qui s'était opéré dans miss Mary était prodigieux; elle n'était pour ainsi dire plus reconnaissable.

Les contours arrondis de son visage, jadis si placide, avaient fait place à des lignes anguleuses d'une sombre énergie, s'il est permis de s'exprimer ainsi; une teinte bistrée avait effacé la fraîcheur saxonne de ses joues, et le souffle de la passion avait bruni le vermillon de ses lèvres.

— Vous me trouvez bien changée, n'est-ce pas, monsieur? reprit-elle tristement, c'est que j'ai aussi bien souffert!... Oh! les ravages de ma figure ne sont rien en comparaison de ceux de mon cœur!... Je n'aurais jamais cru que l'on pût souffrir autant sans devenir folle ou sans mourir!...

— Vous ne devez imputer votre malheur qu'à vous-même, miss! dit le marquis avec un égoïsme qui touchait à la dureté. Si vous aviez loyalement tenu la promesse que vous m'avez faite, ce mariage ne se serait pas accompli... Permettez-moi de m'étonner qu'en présence d'un événement aussi grave, aussi décisif, vous n'ayez pas su consacrer à l'action une partie de l'énergie que vous avez dépensée en souffrance.

— Ce qui signifie, en d'autres termes, marquis, que j'aurais dû conjurer la destinée par un crime? demanda l'Américaine avec une violence contenue.

— Un crime, non, mais...

— Ne marchandons pas sur la valeur d'un mot, interrompit miss Mary. Oh! je ne tiens nullement, marquis, à me montrer à vos yeux meilleure que je ne suis! Votre passion pour Antonia doit vous faire comprendre mon amour pour le comte!... Ce crime que vous me reprochez de n'avoir pas osé tenter, non-seulement j'y ai songé, mais j'étais même résolue à le commettre.

— Eh bien?

— Eh bien! M. d'Ambron n'a pas quitté un seul instant Antonia... et, pour arriver jusqu'à elle, il m'aurait fallu exposer ses jours... Du reste, rien n'est encore perdu! Ce mariage insensé n'a point pour lui la loi!... M. d'Ambron a omis, dans son impatience, les formalités qui seules pouvaient le légaliser. M. d'Ambron est étranger, et la bénédiction d'un prêtre mexicain ne saurait remplacer l'acte civil par lequel le consul de France avait seul le droit de sanctionner cette union. Antonia n'est pas la femme, elle n'est que la maîtresse du comte...

— Miss Mary, vous ne connaissez pas M. d'Ambron. Il est la personnification de l'orgueil. Dans son désir de se montrer supérieur aux autres hommes, il ne reculera jamais, quelles que soient les conséquences de son obstination, devant l'exécution d'un serment ou d'une promesse! Il se figure que les yeux de l'univers entier sont fixés sur lui, et qu'une dérogation à sa parole le ferait descendre du haut piédestal où il se croit placé.

— Je sais en effet que le comte est la loyauté et l'honneur en personne, dit l'Américaine avec enthousiasme, et je m'explique parfaitement, marquis, que vous ne puissiez ni comprendre ni apprécier son caractère!... Soyez persuadé que du jour où M. d'Ambron aurait à rougir d'Antonia, il n'hésiterait pas à user du bénéfice de la loi, qui lui permettrait de sauver son honneur!... Mais nous perdons un temps précieux, monsieur!... Au fait, je vous prie...

— Je n'ai plus rien à ajouter, miss. J'ai trouvé à Guaymas la lettre que vous étiez convenue d'y laisser pour m'informer de l'endroit où je devais vous rejoindre; m'y voici. Vous venez de m'apprendre que vous n'avez pas tenu vos engagements; l'espèce de pacte qui nous liait momentanément n'existe donc plus, et je reprends ma liberté d'action pleine et entière.

— Alors, votre intention, marquis, est de donner suite à la querelle de San-Francisco?

— C'est possible, miss Mary.

— De provoquer de nouveau le comte?

— C'est probable.

— De le tuer?

— Il est incontestable que quand deux hommes comme M. d'Ambron et moi se rencontrent sur le terrain, l'un des deux doit y rester!... J'ai confiance dans mon adresse et foi dans mon étoile!

Le jeune homme ramenait à lui la bride de son cheval et se disposait à s'éloigner, l'Américaine le retint par un geste.

— Deux mots encore, marquis?

— Dites vite, miss Mary, l'on m'attend ailleurs.

— Vous comptez coucher ce soir au rancho de la Ventana?

— Certes! Il me tarde de savoir si madame d'Ambron est aussi belle que l'était la señorita Antonia.

Miss Mary réfléchit pendant quelques secondes.

— Monsieur de Hallay, reprit-elle, il est une chose à laquelle vous n'avez pas songé, c'est que si le hasard vous donne l'avantage sur le comte, votre victoire vous rendra doublement odieux aux yeux d'Antonia!...

Il serait impossible de rendre l'expression de haine, de passion et de vengeance que la réflexion de l'Américaine amena sur le visage du marquis.

— Je ne tiens nullement à ce qu'Antonia m'aime! répondit-il lentement.

Miss Mary tressaillit; on eût dit qu'elle avait pour la première fois la conscience du rôle abominable qu'elle jouait; mais elle se remit promptement, et, reprenant tout aussitôt la parole:

— Soit, marquis, dit-elle, provoquez le comte, puisque tel est votre désir; mais promettez-moi, du moins, que vous attendrez vingt-quatre heures avant d'en arriver à cette extrémité.

— Pourquoi?

— Parce que j'espère, je ne m'en cache pas, mettre ce temps à profit pour empêcher ce duel! Oh! ne vous récriez pas, monsieur de Hallay... laissez-moi d'abord achever ce que j'ai à vous dire. Vous obéissez en ce moment-ci à un double mobile: à celui de la vengeance et à celui de la passion. Eh bien! votre haine ne serait-elle pas mieux satisfaite, votre but ne serait-il pas plus entièrement atteint, si M. d'Ambron, au lieu de succomber avec la consolante pensée que son Antonia adorée restera éternellement attachée à son souvenir, assistait, lui vivant et plein d'amour, à la chute de son épouse bien-aimée! Oui... mille fois oui!... Vous ne me persuaderez jamais non plus que le fougueux et indomptable sentiment qui vous entraîne vers Antonia, aime mieux rencontrer l'aversion que la tendresse! Les femmes excusent souvent et finissent même parfois par admirer les grandes audaces qu'elles ont inspirées, mais la vue du sang les laisse toujours fidèles au culte de la victime! Téméraire et heureux rival du comte, vous avez la chance de vous voir aimé; meurtrier, vous avez la certitude d'être abhorré!...

— Et vous imaginez-vous, miss Mary, que M. d'Ambron, tant qu'une goutte de sang coulera dans ses veines, se laisserait ravir Antonia?... Désabusez-vous!... Cette fois, son amour est à la hauteur de son amour-propre!... On n'arrivera à la femme qu'en passant sur le cadavre du mari...

A ces paroles, prononcées avec un sinistre sang-froid, l'Américaine frissonna.

— Oui, je le sais, s'écria-t-elle, et c'est là ce que je veux empêcher, ce que j'empêcherai... dussé-je...

— Achevez, miss Mary, dit le marquis, dussiez-vous, pour arrêter mon bras, me faire assassiner! N'est-ce pas là votre pensée?

— Oui, monsieur! répondit l'Américaine en le regardant fixement; c'est bien là en effet ma pensée.

M. de Hallay sourit.

— Votre franchise a toute mon estime, miss!... Je ne regrette qu'une chose pour vous... c'est que vos moyens d'action ne répondent pas à votre bonne volonté...

— Vous pourriez vous tromper, marquis...

— Ah! et quel serait donc votre redoutable champion?...

— Master Grandjean! Vous doutez de ma parole?... Je vais vous prouver que vous avez tort!...

— Comment cela?

— En interrogeant le Canadien devant vous.

— Ma foi, volontiers, miss Mary!... Ce dialogue ne saurait être banal!... Ce sera la comédie dans le drame!... Appelez cet excellent Grandjean.

L'Américaine se retourna vers le Canadien, qui, appuyé sur son rifle, se tenait à quelques pas en arrière, de façon à ne pas gêner les deux interlocuteurs dans leur conversation, et lui fit signe de la rejoindre. Le géant obéit à cette invitation avec sa lenteur habituelle et pleine d'indifférence.

— Master Grandjean, lui dit-elle, je vous ai parlé dans le temps d'un homme que j'aurais peut-être à vous *présenter!*... Vous rappelez-vous de notre conversation?

— Oui, miss; après?

— Si je vous apprenais que cet homme est M. de Hallay, votre ancien maître ici présent, cette annonce ne changerait-elle pas vos intentions?

Le Canadien salua poliment d'une inclination de tête le marquis, et s'adressant à l'Américaine:

— Qu'est-ce que cela me fait à moi qu'il s'agisse de M. Henry ou de tout autre? vous savez bien qu'excepté le señor Joaquin Dick, je n'aime personne. Seulement M. de Hallay est un homme de valeur, ce serait cher, très-cher.

— De quoi donc est-il question? demanda le marquis en affectant l'ignorance. A quelle présentation faites-vous allusion, miss Mary?

— Interrogez master Grandjean lui-même... il vous répondra, dit l'Américaine.

— Moi!... vous n'y songez pas, miss Mary!... Après tout, cela m'est bien égal... j'en serai quitte, si l'affaire se conclut, pour exiger davantage; car un homme prévenu en vaut deux... Le service que miss Mary a l'air de vouloir solliciter de mon habileté, poursuivit le Canadien, ses yeux attachés sur ceux du marquis, c'est tout bonnement de vous loger une balle dans la tête ou dans la poitrine, à mon choix, et de vous jeter mort sur le carreau.

— Ah bah! rien que cela, Grandjean!

— Oh! pas davantage.

— Et vous vous imaginez que si vous vous chargiez de cette délicate mission vous réussiriez?

— Cela ne fait pas un pli pour moi, monsieur... Bon! voilà que vous pâlissez de colère!... Vous avez joliment tort! Je vous assure que ma confiance ne signifie nullement que je doute de votre courage; elle me vient tout bonnement de l'excessive expérience que j'ai acquise dans ces sortes de choses!... Je vous l'ai déjà cent fois répété jadis, je suis l'homme des embuscades: je marcherai pendant un mois à quelques centaines de pas de vous, sans qu'il vous soit possible de remarquer une seule fois ma présence. Vous comprenez quel avantage cela me donnerait sur vous. Et puis, voyez-vous, monsieur Henry, les hommes qui s'adonnent sérieusement, consciencieusement, à une profession, sont bien supérieurs, dans leur métier, à ceux qui s'exercent accidentellement et en amateur.

Il y avait une telle bonhomie dans le cynisme du géant, que le marquis ne put s'empêcher de sourire de nouveau.

— Je ne suis nullement fâché contre vous, Grandjean, lui dit-il. Maintenant, veuillez vous éloigner.

— M'éloigner! Ah! non, non! Cela ne m'est plus possible... Oh! ne vous figurez pas que je tienne le moins du monde à écouter votre conversation... elle ne m'offre aucun intérêt!... Seulement, après l'aveu que je viens de vous faire, je dois me méfier de vous. Qui m'assure que vous ne m'enverriez pas une balle dans le dos?

— Restez, au contraire, master Grandjean, s'écria vivement l'Américaine, votre présence est nécessaire à ce que j'ai à ajouter.

L'entretien entre le marquis, l'Américaine et le Canadien ne se prolongea guère au delà d'un quart d'heure.

— Eh bien, soit! c'est convenu, dit ce dernier d'un ton bourru et mécontent, je n'ai jamais manqué à ma parole, et ce n'est pas à mon âge que l'on change de caractère; vous pouvez donc compter sur moi! Adjoint au maire de Villequier!... quel beau rêve! Ah! si ce n'était cette considération qui l'emporte sur toute autre, je vous aurais refusé!... c'est là une mission qui ne me sourit pas du tout! Là, franchement, j'aurais préféré, monsieur Henry, vous rifler que... Enfin, ce qui est dit est dit... A demain!...

Le marquis salua alors miss Mary et partit au galop pour rejoindre son état-major. L'Américaine et le Canadien reprirent le chemin de Buenavista, dont ils étaient éloignés d'environ trois quarts de lieue.

Une heure plus tard M. de Hallay arrêtait son cheval et mettait pied à terre devant le rancho de la Ventana. La première personne que rencontra le marquis fut M. d'Ambron.

— Vous ici, comte ! dit-il avec froideur, quoique en simulant l'étonnement.

M. d'Ambron regarda fixement son ancien adversaire, d'une voix qui dénotait plutôt une affectation de calme qu'un calme réel :

— Ignoriez-vous donc ma présence au rancho ? demanda-t-il.

— Certes ! comment en aurais-je été instruit ?

Un sourire de mépris passa fugitif et à peine visible sur les lèvres de M. d'Ambron.

— Que désirez-vous, monsieur de Hallay ? reprit-il à son tour.

Le marquis envisagea son rival, et d'un ton qui, tout en restant dans les strictes limites des convenances, accusait néanmoins une incontestable tendance à l'ironie :

— Permettez-moi de vous faire observer, monsieur, répondit-il, que votre question serait mieux placée dans la bouche d'Antonia que dans la vôtre. Il me semble que c'est au maître d'une maison qu'on doit s'adresser tout d'abord quand on sollicite l'hospitalité. Or, Antonia...

— La señorita Antonia, interrompit M. d'Ambron en appuyant avec affectation sur le mot de señorita, n'existe plus...

— Que m'apprenez-vous là ? Parbleu ! la voici elle-même. Cette plaisanterie, comte...

M. d'Ambron alla prendre Antonia par la main, et la ramenant vers M. de Hallay :

— Madame la comtesse d'Ambron, dit-il, je vous présente M. le marquis de Hallay ; monsieur le marquis, madame la comtesse d'Ambron.

Le marquis s'inclina profondément et gravement devant Antonia ; M. d'Ambron suivait d'un œil ardent et scrutateur les moindres mouvements de M. de Hallay.

Pendant les quelques secondes que mit Antonia à maîtriser son émotion, on aurait pu distinguer les respirations oppressées des deux jeunes gens ; l'un et l'autre étaient parvenus, à force de volonté, à attacher et à conserver un masque sur leurs visages, mais ils étaient impuissants à comprimer les battements de leurs cœurs.

— Monsieur de Hallay, dit la jeune femme en s'empressant de rompre le silence, vous n'ignorez point que les portes de la Ventana sont ouvertes à tous les voyageurs... Vous êtes ici chez vous !... Veuillez m'excuser si je vous quitte aussi brusquement... mais j'éprouve depuis hier un violent, un horrible mal de tête et j'ai besoin de repos. Je vous le répète, vous êtes ici chez vous : les serviteurs sont à vos ordres.

Antonia, sans attendre la réponse du jeune homme, prit le bras de son mari et s'éloigna.

— Elle est cent fois plus belle qu'auparavant, murmura le marquis, dont les yeux brillaient d'un sauvage éclat, et lui, plus arrogant, plus superbe que jamais !... J'ai craint un instant de ne pouvoir plus contenir la colère furieuse qui fermentait en moi !...

Bah ! une nuit est bientôt passée !... et demain doit sonner pour moi l'heure du triomphe et de la vengeance !... Miss Mary est une abominable fille... mais il faut avouer qu'elle est douée d'un esprit éminemment inventif et qu'elle a souvent des inspirations fort heureuses !

IX

L'EXPLOSION.

Le lendemain de l'arrivée du marquis de Hallay au rancho de la Ventana, vers les huit heures du matin, Antonia, agenouillée devant le prie-Dieu qui lui venait de sa mère, était plongée dans un recueillement profond. M. d'Ambron, debout et les bras croisés sur sa poitrine, contemplait la jeune femme dans une muette extase. Jamais, il faut le dire, la beauté d'Antonia n'avait brillé d'un plus pur éclat ; elle atteignait les dernières limites de l'idéal humain !

Après quelques minutes d'une fervente prière, la jeune femme se releva, et, s'appuyant au bras du comte par un geste empreint d'un gracieux abandon, elle sortit du retiro.

— Luis, lui dit-elle une fois qu'elle eut refermé derrière elle la porte de son sanctuaire, mon Luis bien-aimé, je t'en conjure, ne t'éloigne pas... reste ici jusqu'au départ du marquis !...

— Toujours les mêmes craintes, Antonia ! répondit le comte en souriant.

— Oh ! toujours, et plus fortes que jamais...

— Cependant, chère enfant, notre entrevue d'hier au soir aurait dû te rassurer. Si le marquis était venu ici avec des intentions hostiles contre moi, il les aurait manifestées sur-le-champ... ta présentation lui offrait un excellent prétexte pour commencer les hostilités, car il savait fort bien qu'il lui suffisait d'un geste, d'un mot, moins que cela même, d'un sourire suspect, pour faire éclater ma colère ! Or, je dois le reconnaître, à part cette affectation de t'appeler familièrement Antonia, lorsqu'il était censé ignorer encore notre mariage, il a été d'une tenue irréprochable !...

— Ainsi tu crois, Luis, à la bonté du marquis ?

— Non, chère Antonia, mais à sa cupidité.

— Comment cela ?

— Il n'ira pas choisir, pour me chercher querelle, le moment où, placé à la tête d'une formidable expédition, il marche à la conquête de la fortune. Il n'ignore pas que je serais l'adversaire le plus sérieux qu'il aurait rencontré de sa vie entière, et que si nous nous trouvions face à face, l'épée ou le pistolet au poing, l'avantage ne serait plus, cette fois, de son côté. Or ce n'est pas, en général, quand on se figure être à la veille de conquérir la toison d'or, que l'on joue inutilement sa vie chemin faisant.

— Oui, Luis, tu as raison, tu dois avoir raison. Mais qu'importe la puérilité de mes craintes ! Du moment où elles me rendent malheureuse, c'est absolument comme si elles étaient fondées. Ainsi, c'est bien convenu, Luis, tu ne sortiras pas de cette chambre avant que M. de Hallay ait quitté la Ventana.

— Cette espèce de séquestration, quelque douce qu'elle me serait, puisque tu la partagerais avec moi, chère Antonia, n'est pas possible. Non-seulement elle me couvrirait de ridicule aux yeux de M. de Hallay, mais elle aurait pour résultat de réveiller ses espérances. Il s'imaginerait bue le bonheur a amolli mon courage, et, remarque aussi juste qu'elle est, hélas! triste, rien n'enhardit les hommes, même les plus braves, dans l'exécution de leurs mauvais desseins, comme l'assurance de l'impunité.

M. d'Ambron, en parlant ainsi, s'était insensiblement rapproché de la porte de sortie; de son côté, Antonia, par une manœuvre non moins habile, s'était placée entre la porte et le jeune homme.

— Luis! s'écria-t-elle, tu sais bien que tes volontés sont les miennes, et que jamais je ne songerai sérieusement à m'opposer à tes résolutions. La générosité t'ordonne donc de m'écouter... un mot encore.

— Dis, chère Antonia!...

— Tu me jures que tu ne me répondras qu'après avoir bien réfléchi à ce que je vais te demander?

— Je te le promets.

La charmante jeune femme baissa la tête, puis, après une légère hésitation, et d'une voix qui dénotait une adorable confusion.

— Luis, reprit-elle, quand M. de Hallay est devant toi, ne penses-tu pas continuellement à la scène que dénoua jadis le couteau de Panocha?

M. d'Ambron voulut simuler un sourire, mais ses lèvres pâles et agitées se refusèrent à son intention.

— Oui, Antonia.

— Et hier au soir, pendant la courte durée de votre entretien, pour ne pas accabler M. de Hallay du poids de ton mépris, n'as-tu pas été obligé d'avoir recours à toute ta force de volonté, de te rappeler la promesse que tu m'avais faite de ne plus revenir sur le passé?

— C'est vrai, Antonia!...

— Tu vois bien, Luis, que tu serais coupable de te refuser à ma prière... car tu n'attends qu'un prétexte pour éclater!...

M. d'Ambron allait répondre, quand un léger coup fut frappé au dehors à la porte de la chambre.

— Señora, dit une servante de la ferme en entrant, le señor don Enrique voudrait vous voir, et il vous prie de descendre.

Cette communication banale, grossièrement formulée, fit tressaillir M. d'Ambron.

— C'est bien, Marina, répondit-il à la servante; retournez près du señor don Enrique, et dites-lui qu'il va être obéi.

— Viens, Antonia, continua le jeune homme offrant son bras à sa femme, nous ne devons pas faire attendre un hôte aussi illustre.

L'ironie avec laquelle M. d'Ambron prononça ces mots exprimait une volonté si impérieuse, que la jeune femme n'osa pas résister; elle comprenait que la moindre apparence d'opposition ne servirait qu'à grandir outre mesure l'irritation de son mari.

— Marquis, dit M. d'Ambron en pénétrant dans le salon où se trouvait alors M. de Hallay, voici madame la comtesse qui se rend à vos ordres.

M. de Hallay s'inclina respectueusement devant la jeune femme; puis, regardant ensuite froidement M. d'Ambron.

— Permettez-moi, monsieur, lui répondit-il d'une voix qui aurait dérouté la sagacité d'un diplomate, tant elle était exempte de toute accentuation, permettez-moi de ne pas accepter l'interprétation qu'involontairement, sans aucun doute, vous venez de donner à mes paroles. J'ai simplement chargé la servante Marina de s'informer auprès de la comtesse d'Ambron si elle daignerait accepter, avant mon départ, l'expression de mes respectueux remerciements pour son hospitalité. J'ai pensé, et je pense encore, que cette démarche m'était commandée par les plus strictes convenances. Maintenant, si la Marina, peu au fait des usages du monde, a mal entendu ou travesti involontairement mon message, il me semble que la responsabilité de sa gaucherie ou de son ignorance ne saurait retomber sur moi.

Ces longues explications, qui prouvaient clairement, de la part de M. de Hallay, des intentions fort pacifiques, causèrent autant de joie à Antonia que d'étonnement à M. d'Ambron. Ce dernier ne put même s'empêcher, dans sa loyauté, de balbutier quelques mots d'excuse.

— Ainsi, vous devez repartir bientôt, señor don Enrique? demanda Antonia.

— Immédiatement après le déjeuner, madame.

M. de Hallay fit une légère pause; puis, reprenant d'un ton qui indiquait en même temps la politesse et l'indifférence:

— Je suis enchanté de voir que votre subite indisposition d'hier n'a eu aucune suite... Vous êtes ce matin, madame, rayonnante de fraîcheur et de santé... aurai-je l'honneur de déjeuner avec vous, ou bien devez-vous vous retirer de nouveau dans vos appartements?

Cette question, parfaitement convenable, parut à M. d'Ambron cacher une intention ironique; aussi s'empressa-t-il de répondre:

— Nous allions descendre pour le déjeuner, lorsque Marina est venue nous trouver de votre part. Antonia, ordonnez, je vous prie, que l'on serve tout de suite; M. de Hallay est si surchargé d'occupations, que les moindres minutes représentent pour lui des heures.

Ce fut avec une certaine hésitation qu'Antonia sortit du salon, et une précipitation mal dissimulée qu'elle y rentra. Pendant sa courte absence, les deux jeunes gens n'avaient pas échangé une seule parole.

Peu après on apporta le déjeuner et l'on se mit à table. M. de Hallay, assis en face de la porte laissée toute grande ouverte, semblait prêter toute son attention à ce qui se passait au dehors. Du reste, cette distraction était bien pardonnable; sa troupe d'aventuriers arrivait, par groupes séparés, devant le rancho, indiqué la veille comme point de ralliement.

Tout à coup le visage jusqu'alors impassible du jeune homme s'anima d'une singulière expression de joie, et se tournant vers M. d'Ambron, il entama brusquement la conversation.

— Vraiment, comte, dit-il, je regrette que votre pastorale et sentimentale existence ne vous permette pas de vous joindre à nous!... Vous auriez trouvé dans notre hardie expédition ces émotions et ces aventures que l'Europe ne vous donnait pas et que vous êtes venu chercher dans ces pays inconnus et lointains... Mais il ne faut pas songer à vous compter dans nos rangs... vous êtes si heureux dans votre nouvelle condition d'amoureux champêtre, que la gloire n'a plus pour vous d'attraits !

M. d'Ambron hésita avant de répondre ; il se méfiait de sa haine, et craignait de voir de l'ironie là où il n'y avait peut-être qu'un innocent badinage.

— En aucun cas, monsieur, dit-il, je n'aurais pris place dans vos rangs.

— Ah bah ! et pourquoi donc ?

— Parce que je n'approuve pas le but que vous poursuivez.

— Mais, au fait, c'est vrai !... J'oubliais, comte, que vous êtes un affamé de vertu.

— Monsieur de Hallay !...

— Eh bien ! quoi, monsieur d'Ambron ?... N'allez-vous pas vous récrier parce que je rends justice à vos mérites ?... Vous conviendrez pourtant qu'on ne saurait trop admirer un homme qui pousse ses scrupules jusqu'à n'oser se livrer au passe-temps d'une banale amourette qu'après l'avoir fait sanctionner par la bénédiction d'un prêtre.

Cette fois-ci le doute n'était plus permis au comte, c'était bien une querelle que voulait son rival. Toutefois, il ne laissa rien paraître des sentiments violents qui enflammaient son sang, et il se contenta de répondre avec l'apparence de la plus complète tranquillité :

— Marquis, votre séjour à San-Francisco a beaucoup nui à votre connaissance de la langue espagnole. Je ne vous comprends maintenant qu'avec peine. Voulez-vous que nous causions en français ? Madame d'Ambron le permet.

— Volontiers, monsieur...

Le comte prit un air des plus aimables, et regardant bien en face son interlocuteur :

— Au nom de l'honneur de notre commune patrie, lui dit-il, si vous êtes un drôle, restez au moins un homme bien élevé !... N'oubliez point que vous êtes devant une femme !... Ne pâlissez donc pas ainsi, monsieur, ou vous allez trahir le sujet de notre discussion... Ne m'interrompez pas... vous répondrez tout à l'heure... Monsieur de Hallay, je suis instruit de l'ignoble conduite, c'est le mot, que vous avez tenue jadis envers la femme qui porte aujourd'hui mon nom !... Cette conduite est digne, au reste, de l'assassin d'Evans !... Du calme donc !... je n'ai pas encore achevé !... Si nous nous trouvions en Europe, monsieur de Hallay, je ne vous ferais certes pas l'honneur de me mesurer avec vous !... Ici c'est différent ! mon excuse sera dans votre propre infamie, car un homme de votre espèce est capable de tous les crimes, dans un pays où il n'y a rien à redouter de la loi. Je ne considère pas la rencontre que nous allons avoir comme un duel, je l'appellerai un combat. Vous êtes pour moi un danger que la prudence m'ordonne d'écarter de ma route, ainsi que l'on fait d'un tigre ou d'une panthère, et non pas un homme, mon égal, à qui je demande ou je donne réparation d'une insulte. Je vous laisse le choix des armes, et je pense qu'il est inutile que vous preniez des témoins. Que décidez-vous ?

M. de Hallay, que Antonia ne quittait pas du regard, était livide.

— Comte, votre extravagante prétention au monopole de l'honnêteté et de l'honneur est si ridicule qu'elle ne mérite pas la peine d'être réfutée ! Et puis, une discussion s'accorderait mal avec mon impatience. Je vais droit au fait. Nos armes, si cela vous convient, seront celles en usage dans le désert : le rifle et le pistolet.

— Soit, monsieur ! quant au mode du combat ?...

— Une distance de cent pas entre nous deux, avec la mutuelle faculté de la raccourcir à notre volonté et jusqu'à bout portant.

— Très-bien, monsieur ! Où et quand vous retrouverai-je ?

— Dans un quart d'heure, à l'entrée du jardin du rancho...

— Attendez, monsieur, dit vivement le comte en voyant son adversaire se lever, un trop brusque départ éveillerait les soupçons de ma femme.

Antonia avait suivi avec une attention extrême le jeu de physionomie des deux interlocuteurs ; sa pâleur permettait de supposer que pas une nuance de ce drame intime ne lui avait échappé.

— Señor don Enrique, dit-elle à M. de Hallay, lorsque deux minutes plus tard il la salua et prit congé d'elle, señor don Enrique, votre conduite est infâme et Dieu vous punira...

— Antonia, s'écria M. d'Ambron en l'interrompant avec violence, n'ajoutez pas un mot de plus, je vous en prie, et, s'il le faut, je vous l'ordonne.

— Oh ! sois sans inquiétude, Luis !... je sais ce que tu te dois à toi-même... Ton honneur n'est-il pas le mien ? Ne crains pas que j'essaye de te retenir... Mais laisse-moi rappeler à cet homme que tu vas punir que moi, qui le détestais ; moi, que sa vue faisait pâlir d'indignation et d'horreur, j'ai veillé pendant six semaines au chevet de son lit de souffrances !... Laisse-moi lui rappeler que c'est à la femme dont il veut tuer le mari, qu'il doit de ne pas être mort sous le couteau de Panocha !... Laisse-moi lui répéter que Dieu ne saurait laisser impuni tant de méchanceté, d'ingratitude et de bassesse.

Il serait impossible d'exprimer la fureur que ces paroles de la jeune femme causèrent au marquis. Toutefois, un respect involontaire, dont il ne pouvait se défendre, le forçait à baisser les yeux devant le regard indigné d'Antonia.

— Dois-je toujours vous attendre, comte ? dit-il d'un air qu'il essaya de rendre moqueur.

— Oui, monsieur, répondit Antonia.

— Ah ! ah ! mais voilà qui devient du dernier plaisant ! madame la comtesse qui s'empare du rôle de témoin...

— Luis, je t'en supplie, ne relève pas cette plaisanterie, s'écria la jeune femme en enlaçant son mari dans ses bras. La fausse gaieté de cet homme prouve qu'il est exaspéré de ne pouvoir te blesser en rien, pas même dans ton amour-propre... Il s'attendait à ce que mes larmes, mes cris et mes prières te mettraient dans une position ridicule. Il n'est pas nécessaire d'avoir reçu l'éducation des villes pour deviner et comprendre cela. Il s'est trompé. Si tu n'étais pas un lion, mon Luis adoré ; si tu avais besoin d'être stimulé dans ton courage, ce serait moi qui t'aurais excité au combat. Tu sais ce que je te disais hier... j'appartiens à cette vaillante race espagnole qui ne recule devant aucun sacrifice dès que l'honneur est en jeu !... Luis, je ne te retiens pas !... Et puis, dois-je te l'avouer ?... oui, car sans cela tu douterais peut-être de l'immensité de mon amour, eh bien ! Luis, si je suis si calme, si peu effrayée, si pleine de confiance... c'est que mes pressentiments, qui ne m'ont jamais trompée... m'assurent que tu ne cours aucun danger, et que cet homme, lui, va mourir... Au revoir, mon Luis adoré! Voici tes armes!... Au revoir!...

La jeune femme avait parlé avec une vivacité si entraînante, son animation avait quelque chose de si absolu, que les deux adversaires, l'un sous le charme et l'autre sous l'autorité de sa parole, l'avaient écoutée en silence et sans songer à l'interrompre.

M. d'Ambron s'empressa de mettre à profit la liberté si inespérée que lui accordait Antonia.

— Au revoir! épouse chérie! lui dit-il, en appuyant longuement ses lèvres sur son front... Tes pressentiments ne te tromperont pas... je serai bientôt de retour!...

La présence de M. de Hallay imposait une réserve à la tendresse du comte; aussi s'éloigna-t-il sans retourner, comme son cœur le lui demandait, serrer une seconde fois Antonia dans ses bras.

A peine les deux adversaires furent-ils sortis, que l'infortunée jeune femme éclata en sanglots; son héroïque effort l'avait brisée.

Elle tomba à genoux, et levant vers le ciel ses yeux ruisselants de larmes:

— O mon Dieu, s'écria-t-elle, protégez mon époux... sauvez-le... cet homme va le tuer!... Mon Dieu!... mon Dieu!... si un malheur doit arriver... éloignez-le de Luis... que votre sévérité retombe sur moi seule... peut-être vous ai-je offensé sans le savoir. Mon Dieu! punissez-moi... oh! je me soumettrai sans murmurer à mon sort... ma résignation ne se démentira jamais... mais, de grâce... par pitié... sauvez Luis! sauvez Luis!...

Une terrible pensée vint augmenter encore le désespoir d'Antonia.

— Si le sort des armes se déclare contre lui, dit-elle, il succombera avec l'idée que je suis l'auteur de sa mort, car, au lieu de le retenir, c'est moi qui l'aurai poussé au combat. Oh! que n'ai-je pu lui laisser voir le désespoir sans nom qui me déchirait le cœur! mais j'ai eu peur que le spectacle de mes angoisses n'affaiblît son courage. Je ne puis comprendre maintenant comment j'ai trouvé la force d'affecter cette tranquillité, cette assurance... Et ces pressentiments qui, lui ai-je assuré, m'apprenaient à l'avance sa prochaine victoire... je ne les ressentais pas!... Non... Luis va mourir!... Pitié, mon Dieu!... pitié!... peut-être est-il déjà mort! Oh! j'ai eu tort de le laisser partir. Je veux le revoir, je veux l'empêcher de se battre; il ne se battra pas.

Antonia, en proie à une exaltation qui approchait du délire, se releva d'un bond et s'élança vers la porte; mais les émotions trop violentes par lesquelles elle venait de passer l'avaient brisée, et elle tomba froide, pâle, inanimée sur le sol.

Au même moment, Grandjean pénétrait dans le rancho, et le premier objet qui frappa sa vue fut le corps de l'infortunée gisant à terre.

— Un meurtre! dit-il, c'est odieux!... On ne tue pas une femme... à moins que ce ne soit une Peau-Rouge... et encore ne s'y décide-t-on qu'à la dernière extrémité!

Le Canadien se pencha alors vers Antonia, et mettant sa main sur son cœur:

— Il bat! murmura-t-il, c'est un simple évanouissement... Pourquoi donc les femmes ont-elles l'habitude de perdre ainsi connaissance à propos de rien du tout? A quoi cela lui sert-il? Pauvre Antonia, elle ne vaut pas mieux que les autres! et c'est dommage; car... Ma foi! c'est tant mieux... au contraire, cela me rendra ma tâche plus facile... Ah! la voici qui revient à elle!... Bonjour, dona Antonia...

La pauvre enfant fixa sur le Canadien des yeux hagards, et fut quelques instants sans le reconnaître.

— Ah! c'est toi, Grandjean?... Luis, mon Luis! où est-il? Tu viens m'annoncer sa mort?...

— Ma foi, non!

— Où est-il?... Mais réponds-moi donc... où est-il?

— M. d'Ambron?... Eh bien! il cherche, avec don Enrique, une place qui leur convienne à tous les deux pour vider leur différend.

— Tu sais où ils sont?

— Oui.

— Ils ne se sont pas encore battus?

— Non.

— Oh! viens, guide-moi... conduis-moi vers eux, Grandjean; je me jetterai à leurs genoux... je les supplierai... me placerai entre eux... ils ne se battront pas... et toi, je te récompenserai généreusement... Conduis-moi vers eux, Grandjean... conduis-moi vers eux.

Le géant parut éprouver une certaine hésitation. Mais prenant bientôt son parti:

— Parbleu! se dit-il, je serais un niais si je manquais une si belle occasion... une occasion qui se présente d'elle-même et sans que j'aie eu besoin de la provoquer ou de la faire naître!... Dans quatre mois je serai adjoint au maire de Villequier.

Alors se retournant vers Antonia et élevant la voix:

— Señorita, je suis prêt à vous conduire auprès de ces messieurs.

— Dieu veuille que nous n'arrivions pas trop tard!

— Non, non, soyez sans inquiétude... ces caballeros sont partis à pied, et moi j'ai justement là mon cheval tout sellé et bridé... Vous monterez en croupe, et quelques minutes nous suffiront pour les rattraper.

X

LA CATASTROPHE.

Lorsque le comte et le marquis étaient sortis du rancho, un instant avant que le Canadien y pénétrât, une agitation extraordinaire régnait parmi la foule des aventuriers. A l'apparition des deux jeunes gens, tous les regards s'étaient portés sur eux avec une avide curiosité; les conversations avaient cessé, un grand silence s'était fait.

M. d'Ambron, absorbé par deux sentiments bien opposés, par sa haine et son amour, n'avait pas remarqué la curiosité générale dont il était l'objet. Quant à M. de Hallay, un fugitif et presque imperceptible sourire de triomphe avait glissé sur ses lèvres minces et pâles. L'émotion des aventu-

Sanglant et inanimé, il ne donnait plus le moindre signe de vie. (Page 13.)

riers lui apprenait que le plan proposé la veille par miss Mary était en voie d'exécution. Or, ce plan, d'une merveilleuse simplicité, conciliait au mieux les intérêts de l'Américaine et ceux du marquis; sa conception dénotait une entente peu ordinaire des affaires.

Il avait été d'abord convenu, entre la digne fille de l'excellent Sharp et M. de Hallay, que ce dernier attendrait l'arrivée de Grandjean au rancho avant de chercher querelle à son rival; le Canadien, lui, était chargé d'avertir les aventuriers du duel projeté entre les deux jeunes gens, ce qui rendait le combat impossible, car il n'était pas à supposer que les hommes de l'expédition consentiraient à laisser le chef, dont ils ne pouvaient se passer, jouer sa vie à propos d'une discussion personnelle. Grandjean devait, en outre, profiter de l'absence de M. d'Ambron pour enlever Antonia. Ce plan, on le sait, avait complétement réussi. Ce que miss Mary n'avait pas prévu, c'était ce qui devait se passer sur le terrain.

Les deux adversaires n'avaient pas fait trois cents pas que déjà plus de cinquante aventuriers s'étaient mis à les suivre. M. d'Ambron ne songea pas à se plaindre de l'importunité de cette escorte, car son intention était de s'éloigner le plus possible du rancho, afin qu'Antonia ne pût entendre le bruit du combat. Ce ne fut donc qu'après au moins un quart d'heure d'une marche rapide et non interrompue qu'il s'arrêta.

— Monsieur, dit-il à son adversaire, si vous agréez cet endroit-ci pour le lieu de notre rencontre, nous n'irons pas plus loin.

— Soit, monsieur! Désirez-vous indiquer vous-même ou voulez-vous que je marque les places?...

— C'est là un soin inutile... Voyez-vous cet arbre isolé, là, devant nous?

— A environ quatre-vingts pas?... Oui.

— Eh bien, quand je toucherai cet arbre de ma main, cela signifiera que je serai prêt, et vous pourrez faire feu.

— C'est entendu.

— Pardon, messieurs, veuillez me livrer passage, dit M. d'Ambron en s'adressant aux aventuriers qui formaient un cercle autour de lui et du marquis.

Personne ne bougea.

— Éloignez-vous donc, messieurs, je vous prie, s'écria à son tour M. de Hallay. Je sais parfaitement bien que l'usage d'Amérique permet à tout le monde d'assister comme curieux à tout duel, mais cet usage ne s'étend pas jusqu'à porter atteinte à la liberté des combattants. Placez donc, je vous le répète !

Les aventuriers échangèrent rapidement entre eux quelques mots à voix basse, puis l'un d'eux, sortant de la foule, s'avança vers le marquis, et prenant la parole :

— Monsieur de Hallay, lui dit-il, j'ai l'honneur de vous déclarer, non pas seulement en mon nom, mais au nom de tous nos compatriotes, que vous ne vous battrez pas.

— Je ne me battrai pas ! répéta le jeune homme d'un ton moqueur, et qui m'en empêchera ?

— Nous tous !... Dame ! que voulez-vous, monsieur de Hallay ! il faut bien que vous vous soumettiez... vous n'êtes pas le plus fort ! Remarquez toutefois, monsieur, que notre exigence n'a rien d'injuste !... Loin de là ! Quand la colère ne vous aveuglera plus, vous serez le premier à reconnaître que nous avons raison ! N'oubliez pas que vous êtes le seul parmi nous qui connaissiez l'endroit où reposent les trésors que nous allons conquérir ! Vous n'avez donc pas le droit, après nous avoir attachés à votre fortune et conduits dans ces lointains pays, de risquer, dans un but qui vous est purement personnel, une existence qui ne vous appartient pas en ce moment-ci, et qui nous est si précieuse... Vous mort, que deviendrions-nous ?... Nos peines, nos dépenses et nos fatigues passées seraient perdues pour nous !... Non, monsieur, je vous le répète, vous ne vous battrez pas !

Un murmure spontané, approbateur, s'éleva dans les rangs des aventuriers, et accueillit et sanctionna la déclaration de leur délégué improvisé. M. de Hallay paraissait en proie à une agitation et à une indécision extrêmes.

— M. d'Ambron, dit-il d'une voix sourde, avouez qu'une implacable fatalité semble nous poursuivre !... Voici la seconde fois qu'un événement imprévu surgit entre nous deux et nous sépare au moment où nous espérions satisfaire notre haine mutuelle. J'ai une trop grande opinion de votre orgueil pour croire que, plus tard, lorsque je reviendrai vous réclamer cette dette de sang, vous songiez à vous prévaloir de l'empêchement qui nous condamne aujourd'hui à l'inaction.

M. d'Ambron avait écouté son adversaire sans l'interrompre ; mais un sourire de souverain mépris était constamment resté sur sa bouche.

— Marquis de Hallay, répondit-il, je n'ai jamais fait de ma vie et je ne ferai jamais de concessions aux gens que je n'estime pas. Ce n'est pas, souvenez-vous-en, un événement imprévu qui, lors de notre première discussion, vous a arraché les armes des mains... Si nous ne nous sommes pas battus alors, c'est parce que, contrairement à toutes les lois de l'honneur, vous avez envoyé une femme, miss Mary, mendier votre vie auprès de moi !... Aujourd'hui, monsieur, je reconnais, en effet, qu'un obstacle paraît devoir nous condamner à l'inaction ; mais cet obstacle, j'en ai l'intime conviction, c'est vous-même qui l'avez suscité... Non, marquis, je ne me rendrai plus à votre appel, si la fantaisie vous prend un de ces jours de me provoquer de nouveau. J'aurais pu, dans l'espoir de le punir, me battre contre un voleur et un assassin, mais je n'accepterai jamais les provocations d'un lâche !...

A cette sanglante et mortelle injure, le marquis poussa un cri qui ressemblait au rugissement d'un tigre blessé.

— Ah ! misérable... tu vas mourir !

Alors s'élançant avec une prodigieuse impétuosité sur les aventuriers qui l'entouraient, il les écarta violemment, et montrant du doigt à son adversaire l'espèce de trouée qu'il venait de faire dans leurs rangs.

— En place ! continua-t-il ; non plus à cent... mais à dix pas !...

M. d'Ambron s'empressa de mettre à profit la liberté momentanée qui lui était rendue pour sortir du cercle vivant qui l'emprisonnait ; mais tout aussitôt les aventuriers se jetèrent de nouveau entre lui et le marquis.

— Si c'est une comédie que vous jouez, monsieur de Hallay, dit le comte, je vous félicite de votre talent scénique... on ne saurait mieux imiter la fureur !... Si, au contraire, vous êtes de bonne foi, je ne puis vous plaindre, car vous êtes la victime de votre propre duplicité.

M. d'Ambron mit sa carabine en bandoulière et s'éloigna lentement.

Le marquis, c'est une justice à lui rendre, était dans un pitoyable état de rage et de désespoir. Il aurait volontiers sacrifié en cet instant sa vie pour avoir celle de son adversaire.

A trois reprises différentes il tenta de renverser les aventuriers qui lui barraient le passage ; mais, malgré sa force prodigieuse, il dut reconnaître son impuissance ; ce n'était plus cinquante personnes, mais bien son armée entière qui l'entourait.

— Messieurs, s'écria-t-il d'une voix tremblante de colère, je jure que tant que vous ne m'aurez pas laissé punir cet orgueilleux insolent, tant que cet homme vivra, je resterai ici à attendre l'heure de la vengeance. Ah ! vous voulez de l'or au détriment de mon honneur !... eh bien ! cet or, nous verrons si vous le trouverez sans mon secours !...

M. de Hallay avait à peine achevé de prononcer ces mots, que deux coups de feu retentirent près de lui ; le premier partait d'un rifle kentuckien, le second avait été tiré par une carabine française, mais tous les deux, hélas ! étaient dirigés vers le même but, sur M. d'Ambron, qui, après avoir chancelé un instant, était tombé raide et inanimé par terre.

Quoique la plupart des hommes qui composaient la troupe du marquis fussent de véritables bandits, un morne silence suivit la chute du comte.

Tandis que ce fatal événement dénouait d'une façon si tragique la querelle pendante entre les deux rivaux, une scène non moins odieuse et tout aussi abominable se passait à une demi-lieue de là !

Cette scène n'avait pour acteurs que Grandjean et Antonia !

Absorbée par l'intensité de son effroi et de sa douleur, et sans nulle défiance du Canadien, la jeune femme s'était laissée asseoir sur la croupe de son cheval ; ce ne fut qu'après quelques minutes d'une course rapide qu'elle songea à interroger le géant.

— Grandjean, dit-elle, je ne vois personne... nous arriverons trop tard... Eperonne donc ton cheval... nous n'avançons pas... Mon Dieu, ayez pitié de lui... protégez-le !... Pourvu que tu ne te sois pas trompé de chemin, Grandjean. Où les as-tu laissés ? où devaient-ils se battre ?

Le Canadien stimula vigoureusement sa monture et continua à garder le silence. De grosses gouttes de sueur glissaient le long de son front rugueux.

— Parle-moi donc, Grandjean, reprit la malheureuse enfant avec une anxiété croissante, où est M. d'Ambron? où allons-nous?

Le Canadien essaya de répondre; son gosier desséché par l'émotion arrêta sa voix au passage.

— C'est bien beau d'être adjoint au maire de Villequier, murmura-t-il, mais ce bonheur, je le paye bien cher !...

Quelque profond que fût le désespoir de la jeune femme, le silence obstiné de son conducteur devait à la fin attirer son attention; un vague pressentiment du danger qu'elle courait traversa sa pensée, et, sans la distraire de ses cruelles préoccupations, la fit réfléchir sur sa position.

— Grandjean, reprit-elle d'une voix agitée, tu as dû faire fausse route... Arrête, je veux descendre... j'irai à pied.

Le géant, au lieu d'obéir, redoubla de vitesse.

— Ne m'entends-tu pas? reprit Antonia de plus en plus troublée... Arrête! te dis-je.

Le Canadien parut hésiter, mais il ne ralentit pas sa course.

Les soupçons de la jeune femme se changèrent en une poignante certitude. Elle essaya de sauter à terre, mais le géant s'attendait à cette tentative et de son bras puissant il retint Antonia.

— Infâme! s'écria-t-elle, superbe d'indignation et de mépris. Grandjean, reprit-elle presque aussitôt, c'est pour de l'or, n'est-ce pas, que tu accomplis cette lâcheté! que tu te rends coupable de cette odieuse ingratitude? Oui, car la cupidité est le sentiment qui domine en toi, le mobile de toutes tes actions! Eh bien! dis-moi ce que l'on t'a payé ou promis, et je m'engage à te donner le double de cette somme. Où m'emmènes-tu ainsi? Pourquoi m'as-tu enlevée? Sans doute pour m'empêcher de courir au secours de M. d'Ambron?... Oui! oui! c'est cela. Sa mort a été résolue; on veut l'assassiner, et l'on a craint mon désespoir!

Depuis que sa victime avait deviné ses intentions, le Canadien se sentait beaucoup plus à l'aise; car ce qui jusqu'alors l'avait si fortement préoccupé, était de savoir comment il s'y prendrait pour avouer à Antonia qu'elle était sa prisonnière.

Ce lui fut donc un véritable soulagement de n'avoir, au lieu d'entamer l'entretien, qu'à répondre à une question.

— Rassurez-vous, señorita, dit-il, votre mari ne court absolument aucun danger...

— Que dis-tu? s'écria Antonia, à qui cette annonce fit oublier pendant un instant la position dans laquelle elle se trouvait.

— La vérité, señorita... Je vous le jure!

— Hélas! je n'ose... je ne puis le croire. Un homme capable de se conduire ainsi que tu le fais ne mérite pas qu'on ajoute foi à ses paroles... Les lâches et les traîtres sont menteurs...

Cette accusation fut des plus sensibles au géant; son visage refléta l'expression de la dignité blessée.

— Señorita, s'écria-t-il, c'est bien mal ce que vous venez de dire là... On ne parle pas ainsi à un honnête homme !... Vous savez bien que je ne mens jamais! Je vous le répète,

M. d'Ambron n'est exposé à aucun péril... et cela, justement parce que je vous ai enlevée...

L'accent dont le Canadien prononça ces mots dénotait une telle sincérité, que la jeune femme se sentit troublée jusqu'au plus profond de son cœur.

— Merci, mon Dieu! murmura-t-elle en levant vers le ciel un regard brillant de reconnaissance.

Le premier moment de la joie passé, un mélancolique sourire apparut sur le charmant visage d'Antonia.

— Hélas! murmura-t-elle, c'est le pronostic du gabilan qui se réalise !... Oui, en effet, mon Luis bien-aimé n'a rien à craindre... N'a-t-il pas abattu le sinistre et méchant oiseau de proie?...

Une fois délivrée des épouvantables appréhensions qui, depuis le départ de son mari avec M. de Hallay, l'avaient si cruellement torturée, Antonia reporta toutes ses pensées à ce qui lui arrivait.

Quel était le but de son enlèvement? qui l'avait ordonné? Son indécision fut de courte durée. Le nom de l'Américaine se présenta tout d'abord à son esprit, et elle ne chercha pas davantage. Ce coup ne pouvait venir que de miss Mary. Quant à l'intention, elle était flagrante. On voulait la séparer de son Luis adoré! Oui, mais son mari saurait bien la délivrer !... Antonia, plus calme, adressa de nouveau la parole à son ravisseur.

— Grandjean, lui dit-elle, si vous voulez me laisser descendre, je vous jure que je ne tenterai pas de me sauver!

Soit que le géant fût arrivé à l'endroit qu'on lui avait désigné, soit qu'il eût confiance dans la promesse de la jeune femme, toujours est-il qu'il appuya aussitôt sur la bride de son cheval.

Ce fut avec une joie véritable qu'Antonia sentit ses pieds fouler le sol.

— Grandjean, continua-t-elle, vous n'avez pas répondu à l'offre que je vous ai faite tout à l'heure.

— Quelle offre, señorita?

— De vous donner une somme double de celle que vous avez reçue pour commettre votre vilaine action, si vous consentiez à me rendre ma liberté.

— Ce serait trop cher pour vous, señorita, répondit le Canadien avec un gros soupir. Du reste, soyez assurée que quand bien même vous m'offririez tous les trésors que cachent les sables du désert, je vous refuserais également... Je suis un honnête homme, señorita Antonia !... et un honnête homme n'a qu'une parole !... Je dois faire honneur au marché que j'ai passé...

— Etes-vous aussi convenu avec la personne qui vous a commandé cette infamie, que vous ne répondriez pas à mes questions?...

— Nullement, señorita; je ne me suis engagé qu'à une seule chose, à vous amener et à vous garder ici jusqu'à ce que l'on vienne vous chercher... ce qui, du reste, ne peut pas tarder beaucoup...

— Eh bien! puisque la discrétion ne vous est pas recommandée, apprenez-moi le nom de la personne dont l'or vous a poussé au crime...

— Ce nom, miss Antonia, vous le connaissez.

— Je le crois aussi!... Quel est-il?

Le Canadien, au lieu de répondre tout de suite, se mit

à sourire d'un air triomphant : il semblait très-satisfait de lui-même.

— J'attends ce nom, Grandjean.

— Ce nom, señorita, va changer votre tristesse en joie, dit-il enfin... c'est le señor Joaquin Dick !

XI

LE DÉSESPOIR DE PANOCHA.

Persuadé, d'après les fausses confidences de l'Américaine, qu'Antonia aimait toujours Joaquin Dick en secret, Grandjean avait cru qu'en dénonçant le Batteur d'Estrade comme étant l'homme qui le faisait agir, il mettrait un terme aux reproches de la jeune femme.

Aussi son étonnement fut-il extrème, lorsqu'il vit la douloureuse stupéfaction que cette révélation produisit sur Antonia.

— Joaquin Dick ! répéta-t-elle avec un morne accablement. Oh ! mon Dieu ! ai-je pu me tromper à ce point, moi qui l'appelais mon ami, mon seul ami... moi qui avais une confiance illimitée dans son dévouement !... Mais alors, cette méchanceté dont il se targuait, cette insensibilité, hélas ! pis encore, cette férocité dont il faisait parade, tout cela était donc vrai !... Est-il possible que j'aie pu m'abuser aussi longtemps et aussi grossièrement sur son compte ! Grandjean, poursuivit la pauvre enfant en levant les yeux sur le géant, je ne te reprocherai plus l'infamie de ta conduite, car la cupidité, je le sais, est l'unique mobile de tes actions, et Joaquin Dick a dû te donner beaucoup d'or ; mais, au fond, Grandjean, je te le répète, tu n'es pas cruel, et je suis assurée que tu te refuserais à assassiner une femme pour de l'argent !... n'est-ce pas ?

— Moi, assassiner une femme... blanche... pour de l'argent ! s'écria le Canadien avec une indignation véritable. Ah ! señorita !... je préférerais perdre mon œil droit à avoir une semblable action sur la conscience !

— Eh bien ! Grandjean, cette action, dont la pensée te répugne si fort, tu es, sans t'en douter, à la veille de la commettre.

— Comment cela ?

Antonia regarda froidement, longuement le Canadien ; puis, d'une voix qui exprimait une résolution ferme et une sincérité entière :

— Si j'étais jamais menacée d'avoir à rougir devant M. d'Ambron, je n'hésiterais pas à me tuer.

— Vous tuer, señorita ! et pourquoi ? Je ne vous comprends plus.

— Or, la responsabilité de ma mort ne pèserait-elle pas tout entière sur toi, sur toi seul ?

Grandjean resta un instant pensif, ses gros traits exprimaient quelque chose qui ressemblait à de l'attendrissement ; mais bientôt un froid sourire d'incrédulité abaissa ses lèvres épaisses, et secouant la tête d'un air de doute :

— Il est clair, señorita, répondit-il, que vous voulez vous amuser à mes dépens... Les femmes ne se tuent pas ! Cela ne s'est jamais vu !... Et puis, vous aurez beau prétendre le contraire, vous ne me persuaderez point que vous n'ayez pas aimé Joaquin Dick ! Je sais bien que vous êtes maintenant mariée, mais cela ne prouve rien du tout. J'ai toujours entendu dire que les femmes se résignent assez aisément à épouser les hommes qu'elles n'aiment pas !... Vous tuer !... Et pourquoi, grand Dieu ! Le señor Joaquin Dick est fort riche !... Bon ! il paraît que je viens de dire une sottise, car vous semblez très en colère !... Que voulez-vous ? je me connais si peu dans toutes ces choses de sentiment, que, quand j'en parle, il m'est permis de me tromper quelquefois !...

Antonia jugea inutile de poursuivre cette conversation ; elle s'assit sur un quartier de roche, appuya ses coudes sur ses genoux, cacha sa tête dans ses mains et resta silencieuse.

Grandjean, ainsi que fait une sentinelle qui garde un prisonnier, se mit à se promener de long en large d'un pas lourd et régulier ; de temps en temps il jetait sur la jeune femme un regard à la dérobée.

Le Canadien paraissait mécontent ; ses épais sourcils, qu'une violente tension de son front courbait à chaque instant ; sa main, qui serrait énergiquement le canon de son rifle ; certains hochements de tête, pleins d'impatience, prouvaient que ses réflexions étaient pénibles. Plusieurs fois il s'arrêta devant la jeune femme avec l'intention évidente de lui adresser la parole ; mais, soit que sa timidité le retînt, soit qu'il eût honte de sa conduite, chaque fois, après une courte hésitation, il reprit sa marche lente et monotone.

Tout à coup il tressaillit, et une épaisse rougeur enlumina son visage. A travers les doigts des mains jointes d'Antonia, il venait de voir filtrer des larmes.

— Señorita, s'écria-t-il d'une voix presque émue, je vous en prie, ne pleurez point ainsi. Je vous jure que si j'avais su vous affliger autant, j'aurais refusé de me charger de cette affaire. Et pourtant, c'eût été dommage, car votre enlèvement va me permettre de retourner dans ma patrie, à Villequier, où m'attend une position des plus magnifiques. Eh bien ! je vous le répète, malgré cette belle perspective, si j'avais pu prévoir votre ennui, je n'aurais pas hésité une seconde à refuser la somme énorme que l'on m'a donnée. Voyons, señorita, vous qui êtes si bonne, car réellement vous êtes bonne, ne vous réjouirez-vous pas un peu à l'idée que je vous devrai le bonheur de ma vie entière ?... Songez donc que, sans votre enlèvement, il m'aurait peut-être fallu subir encore dix ans de privations, de fatigues et de travaux, avant de parvenir à ramasser la petite fortune que vous m'avez fait gagner en une heure ! Cette pensée devrait vous consoler ! Allons, señorita, regardez-moi !... Je suis sûr que vous ne m'en voulez plus !...

Le géant prit doucement les mains d'Antonia pour les lui retirer de devant le visage ; mais il les abandonna tout aussitôt en murmurant avec un étonnement plein d'effroi :

— Je ne m'étais pas trompé, il y a un mois : c'était bien le contact de cette main, si fragile et si petite pourtant, qui m'a causé une commotion si vive et si soudaine ! C'est drôle tout de même que je sois arrivé à mon âge sans me douter que les femmes étaient douées d'une propriété semblable à celle de la torpille. A présent, toutes les femmes sont-elles de même ? Il faudra que je m'en informe. Qu'est-ce que j'entends? Des pas de chevaux et la marche d'une troupe de piétons. Ce sont les hommes de M. de Hallay qui arrivent. Ma foi! je n'en suis pas fâché. Ce tête-à-tête commençait à me peser.

En ce moment, Antonia releva la tête. Elle aussi avait entendu.

— Ah ! merci, mon Dieu ! s'écria-t-elle, voici du monde... je suis sauvée.

Le visage de la jeune femme offrait l'expression d'un si poignant désespoir, que le Canadien ne put retenir une sourde exclamation de douleur.

— Ah! je suis un misérable! murmura-t-il en serrant ses poings avec rage. Que n'ai-je compris plus tôt l'étendue de mon infamie!... Maintenant il est trop tard.

Grandjean monta tout aussitôt à cheval et courut à la rencontre des aventuriers. M. de Hallay marchait toujours entouré de son état-major de Français, à une centaine de pas en avant de ses hommes.

Le Canadien l'accosta par une brusque inclination de tête, et lui désignant du doigt Antonia :

— Voilà ! lui dit-il. Puis, après une légère pause : Puissent tous les malheurs de la terre vous tomber sur la tête, jusqu'à ce que le diable vous torde le cou!... ajouta-t-il.

Alors, frappant, malgré sa sympathie pour les animaux, de deux vigoureux coups d'éperon les flancs de sa monture, le géant tourna bride et s'en alla devant lui comme un insensé.

Une minute plus tard, M. de Hallay arrêtait son cheval devant la jeune femme, et la saluant avec une courtoisie exagérée :

— Señora, lui dit-il en élevant la voix de façon à être entendu de ses compagnons, je ne saurais trop vous remercier et vous complimenter de votre exactitude à venir au rendez-vous que vous m'aviez assigné. Votre litière est prête, voulez-vous me permettre de vous y conduire?

Antonia se demanda un moment si toutes les secousses qu'elle venait d'éprouver ne l'avait pas rendue folle ; elle ne comprenait absolument rien au langage du marquis.

La vue d'une litière portée par deux mules et conduite par un Mexicain, qui, sur un signe du marquis, s'arrêta devant la jeune femme, augmenta l'étonnement de l'infortunée jusqu'à la stupeur.

— Montez donc, Antonia ! reprit M. de Hallay d'une voix qui affectait la familiarité et la bienveillance. L'étape d'aujourd'hui sera longue... nous n'avons pas de temps à perdre...

— Mais, señor, que signifie...

— Quoi, charmante Antonia, seriez-vous revenue sur votre détermination! Auriez-vous encore une fois cédé à ces influences intéressées auxquelles j'ai eu tant de mal déjà à vous soustraire?... Prenez garde, enfant... Les renseignements que le hasard a mis en votre pouvoir, s'ils ne nous sont pas absolument indispensables pour la réussite de notre expédition, augmentent du moins de beaucoup nos chances de succès, et nous éviterons des tâtonnements inutiles, longs et fatigants ! Or, plutôt que de renoncer à votre concours si précieux, Antonia, s'il le faut, j'emploierai la force.

— Mais vous mentez, señor; mais je n'ai aucun renseignement. J'ignore ce que vous me demandez... Je ne monterai jamais dans cette litière!... s'écria Antonia hors d'elle-même. Oh! vous avez beau me regarder avec des yeux qui disent le crime... je n'ai pas peur... il est impossible que parmi tous ces caballeros il n'y ait pas quelques nobles cœurs qui protégeront une femme!... A votre tour, monsieur, prenez garde!... mon mari saura me défendre et me venger!...

— Qu'appelez-vous votre mari, chère enfant? demanda M. de Hallay d'une voix railleuse. N'est-ce pas ce M. d'Ambron qui a demeuré pendant le dernier mois avec vous au rancho?... Hélas! chère petite, il vous faudra, au retour de notre expédition, songer à d'autres amours!... J'ai une mauvaise nouvelle à vous annoncer. Ce pauvre M. d'Ambron a été tué tout à l'heure!...

A la joie cruelle qu'exprimait le visage de M. de Hallay, Antonia vit qu'il ne mentait pas.

— Mort! répéta-t-elle machinalement; et étendant ses bras devant elle instinctivement et comme si elle eût voulu se retenir au vide, elle tomba évanouie.

— Pauvre enfant! elle aimait bien son amant, dit M. de Hallay en se retournant vers les Français, qui, témoins de cette scène, étaient tous émus. Réellement, si je n'avais pas aussi besoin du concours de cette infortunée, je me ferais un scrupule de l'emmener dans ce triste état. Qu'on la porte dans la litière.

Tandis que la troupe des aventuriers s'éloignait avec Antonia, une scène non moins triste se passait à la Ventana. M. d'Ambron, relevé après sa chute par deux pions qui l'avaient suivi à distance, avait été porté par eux au rancho.

Sanglant et inanimé, il ne donnait plus le moindre signe de vie. Ses domestiques, jugeant qu'il était inutile de le monter dans sa chambre, s'étaient contentés de le déposer par terre, sur la natte de paille qui recouvrait le plancher du salon.

Du reste, c'est une justice à leur rendre, les serviteurs du rancho semblaient fort peinés de ce tragique événement, et s'ils ne songeaient pas à examiner si les blessures reçues par leur maître devaient lui donner ou lui avaient déjà donné la mort, du moins s'occupaient-ils du soin de son salut. Ils étaient en train de confectionner, avec un zèle et une attention soutenus, une croix de bois qu'ils voulaient placer sur sa poitrine. Cette croix, si elle ne le sauvait pas sur la terre, devait immanquablement lui ouvrir les portes du ciel!

Sur ces entrefaites arriva l'illustre Panocha. Le prudent hidalgo, caché dans les environs de la ferme, s'était empressé, aussitôt après le départ des aventuriers, d'accourir au rancho. Il avait hâte de savoir comment s'était passée l'entrevue du comte et du marquis.

M. d'Ambron, couvert de sang et étendu inanimé sur le plancher du salon, fut le premier objet qui s'offrit à sa vue:

— Et la señora? demanda-t-il vivement.

— On ne sait ce qu'elle est devenue!... On suppose qu'elle a été traîtreusement enlevée par Grandjean! lui répondit un pion.

Cette nouvelle produisit une telle impression sur Panocha, qu'il oublia de se livrer à ses pantomimes habituelles ; il fut simple et naturel.

— Infortunée doña Antonia ! murmura-t-il d'un air accablé en laissant tomber sa tête sur sa poitrine, et des larmes, de véritables larmes, roulèrent sur ses joues de couleur safran... Ce n'est pas étonnant s'il lui est arrivé malheur, reprit-il, je n'étais pas là pour la défendre...

Après avoir donné un libre cours à sa douleur, Panocha songea enfin à M. d'Ambron.

— Tiens ! dit-il, mais le seigneur comte n'est peut-être pas mort ! Qui sait s'il n'y aurait pas moyen de le sauver ?

L'hidalgo s'agenouilla auprès de M. d'Ambron, et, appuyant son oreille sur la poitrine du jeune homme, il écouta avec une extrême attention.

— Dieu soit loué ! s'écria-t-il tout à coup, le seigneur comte respire !

Cette annonce fut accueillie avec un vif plaisir par les serviteurs, qui redoublèrent d'ardeur dans la confection de leur croix ; ils se mirent à la sculpter.

Panocha avait commencé à déshabiller l'infortuné jeune homme, lorsqu'il s'arrêta soudain. Une idée subite venait de se présenter à son esprit.

— Holà ! vous autres, dit-il aux pions, débarrassez sa seigneurie de ses vêtements, pendant que je vais aller, moi, chercher une herbe que je connais et qui est souveraine contre les blessures.

Panocha, sans attendre une réponse, sortit précipitamment du salon ; mais au lieu de se rendre, soit au jardin, soit dans les champs, il gravit rapidement le premier étage de la ferme, et entra dans la chambre habitée le matin encore par les jeunes et heureux époux. L'hidalgo traversa cette chambre d'un bond, et, se précipitant sur la porte qui fermait le retiro, il se mit à étudier la serrure avec un soin infini.

— Je ne comprends pas comment ces idiots d'Apaches n'ont pu parvenir jadis à ouvrir cette porte, dit-il. C'est tout ce qu'il y a de plus aisé !... Après cela, les Apaches, qui sont nomades et qui n'habitent que des wigwams, ne doivent pas se connaître en serrures... Ce n'est pas comme moi qui... qui ai demeuré dans les villes et reçu de l'éducation.

Panocha tira son couteau de sa gaîne, puis, d'une des poches de sa calzonera, une espèce de passe-partout informe et dont un filou d'Europe se serait, certes, outrageusement moqué, et sans plus tarder, il se mit à la besogne.

Il n'y a pas de proverbe plus vrai que celui qui prétend « qu'il ne faut jamais vendre la peau de l'ours avant de l'avoir tué. » Depuis près d'une heure que le Mexicain s'acharnait à son travail, il n'avait réussi qu'à casser son couteau et à tordre son passe-partout.

De temps à autre, il s'arrêtait pour essuyer ses larmes, car, quelque attention qu'il accordât à sa tâche, sa pensée se reportait sans cesse sur Antonia.

— Pauvre maîtresse, se disait-il, que va-t-elle devenir ? Elle en mourra !... Bon ! voilà mon couteau qui s'ébrèche... Je ne saurais plus être heureux sans elle ; désormais, la vie me sera à charge... J'avais tort de mépriser les Apaches, cette serrure est d'une solidité à toute épreuve... Sans ces maudits étrangers qui sont venus à la Ventana, Antonia aurait fini par m'épouser. Elle n'a jamais osé m'avouer

qu'elle m'aimait, mais cela se voyait. Que diable vais-je trouver dans ce retiro ? Je tremble qu'il n'y ait rien du tout... Bon ! encore mon couteau qui se casse... Si cependant j'allais mettre la main sur des millions !... Ah ! quel bonheur !... Non, non, jamais je ne me consolerai de la perte d'Antonia.

Panocha fit trêve à ses sanglots pour pousser un cri de joie ; une épaisse couche de peinture qui couvrait la porte venait, en éclatant, de découvrir la tête plate et polie d'une grosse vis qui assujettissait la serrure.

Cinq minutes plus tard, la serrure tombait, et le Mexicain, pâle d'émotion, et tremblant à la fois d'espérance et de crainte, donnait un vigoureux coup d'épaule à la porte, qui cédait à cette secousse et s'ouvrait toute grande devant lui.

L'hidalgo, avant de franchir le seuil, eut un moment de recueillement.

— Chère et regrettée Antonia, murmura-t-il, Dieu veuille que vous m'ayez laissé des millions !...

Panocha pénétrait dans le retiro, quand une voix sonore et moqueuse l'arrêta stupéfait, effrayé et tremblant.

Cette voix était celle du Batteur d'Estrade ; elle disait : « Voleur ! »

XII

LE COFFRET.

Joaquin Dick, les bras croisés sur sa poitrine et un sourire moqueur sur les lèvres, se tenait appuyé et immobile contre la porte de la première pièce.

Le Mexicain, c'est une justice à lui rendre, se remit très promptement de son étonnement et de sa frayeur.

— Ah ! c'est vous, señor Joaquin ? s'écria-t-il en affectant un gracieux empressement, soyez le bienvenu ! Vous pouvez toutefois vous vanter de m'avoir fait d'abord joliment peur !

— Pourquoi d'abord et plus maintenant, aimable et trop affairé Panocha ?

— Parce que j'ai cru que c'était un des pions de la ferme qui, m'ayant surpris dans mon travail, allait me demander à en partager les profits !...

— Les profits de quoi, Panocha ?... de ton travail ?

— Oui, seigneurie !... Vous ne sauriez vous imaginer le mal que cette porte m'a donné à ouvrir ! Mais vous, vous êtes bien trop riche et surtout bien trop caballero, pour songer un seul instant à dépouiller un pauvre et galant hidalgo d'une petite fortune que lui envoie la Providence, et qui l'aidera à soutenir son rang dans la société !

— Que diable signifie tout ce bavardage, Panocha ? À quoi veux-tu en arriver ?... à me prouver que tu n'es pas un voleur, ou bien à obtenir que je te laisse dévaliser en paix ta maîtresse ? Je suis d'une excessive tolérance pour les passions humaines, c'est vrai ; je n'en veux à personne d'obéir aux instincts particuliers dont la nature l'a pourvu ; cependant tu ne dois pas espérer que je te permettrai de dépouiller Antonia. Allons, sors d'ici, drôle... Remercie la

Providence, si tu y crois, de ce que je suis ce matin de bonne humeur, et profite de ma bienveillance pour t'éloigner au plus vite du rancho! J'expliquerai ton départ de façon à ne pas ternir ta gloire et à rendre impossible ton retour! Allons! ne m'as-tu pas entendu? Va-t'en!

— Ah! señor Joaquin, s'écria le Mexicain d'un ton de tendre et douloureux reproche, est-il possible que vous ayez une si triste opinion de ma probité!... Me supposer, moi, don Andrès Morisco y Malinche y Nabos, assez mal-appris, assez indélicat pour m'emparer de l'argent d'une femme qui ne m'a jamais avoué qu'elle m'aimait! fi donc! Ah! si mon ami, mon excellent ami, le comte d'Ambron, n'était pas mort, il vous dirait...

— Le comte d'Ambron est donc mort? interrompit Joaquin avec une excessive vivacité.

— Je n'oserais vous assurer qu'il soit complétement mort... mais c'est tout comme!... N'êtes-vous donc pas entré dans le salon, seigneurie? Vous l'auriez vu...

— Non... je craignais d'y rencontrer quelques traînards de la troupe de don Enrique... et je veux que l'on ignore ma présence en Sonora... Je suis monté tout de suite ici, espérant y rencontrer Antonia! Et qui a blessé ou tué le comte? don Enrique, sans doute?

— Je l'ignore. C'est à peine, tant j'avais hâte de me rendre au retiro, si j'ai interrogé les pions qui ont rapporté le corps ou le cadavre de l'infortuné seigneur comte. On prétend qu'il est criblé de balles.

Malgré l'empire inouï que le Batteur d'Estrade savait exercer sur lui-même, et l'importance qu'il attachait à ne pas laisser paraître ses émotions, il ne put s'empêcher de tressaillir.

— Ce que tu viens de m'apprendre là, Panocha, reprit-il après un léger silence, ne justifie en rien ta conduite! Où est Antonia? Auprès de don Luis? Est-elle triste, ou bien ne l'aimait-elle déjà plus?

Le Mexicain, avant de répondre, s'allongea de sa main droite deux coups de poing dans la poitrine, tandis que de la gauche il affectait de vouloir s'arracher les cheveux.

— La señora comtesse adorait son mari! s'écriait-il. Pauvre señora Antonia! Tout bien réfléchi, c'est peut-être un bonheur qu'on l'ait enlevée avant que ce funeste événement ait eu lieu; il y aurait eu là de quoi la rendre folle de douleur.

Joaquin, qui jusqu'alors était resté appuyé contre le chambranle de la porte, fit un brusque mouvement et s'avança vers l'hidalgo.

— Un mariage!... un enlèvement!... Explique-toi!

— Votre seigneurie, ordinairement si bien informée, ne sait donc rien de tout ce qui s'est passé ici? dit Panocha avec une orgueilleuse satisfaction qui sécha ses larmes dans ses yeux. C'est toute une narration que j'ai à lui faire.

Le Mexicain, après avoir pris une pose pleine d'onction et de dignité, baissait modestement les yeux et réfléchissait à son exorde, lorsque le Batteur d'Estrade le saisit par le collet de sa veste, et le secouant avec violence :

— Au fait, au fait, Panocha!... Le comte avait donc épousé Antonia! Allons, pas de phrases!... un oui ou un non.

— Oui, seigneurie!

— Où s'est célébré ce mariage?

— Ici, señor...

— Ah!... Mais il n'y a point de prêtre à la Ventana... Ce que tu appelles un mariage n'aurait-il été...

L'hidalgo n'attendit point la fin de cette phrase pour y répondre.

— J'ai été chercher un prêtre à Guaymas.

— J'avais bien jugé ce d'Ambron. C'est un fou sublime, murmura Joaquin. Maintenant, Panocha, quel est cet enlèvement? N'as-tu pas dit : enlèvement? Qui empêche Antonia de se trouver aux côtés de son mari?

— Ce rapt, seigneurie, devait remplir la partie la plus intéressante et la plus mystérieuse de la narration que je me disposais à vous faire, lorsque vous avez jugé convenable de me...

— Pas de mots inutiles! Antonia a été enlevée?

— Oui, señor.

— Par ruse, ou par violence?

— Par ruse.

— Quel est l'auteur de crime?

— Le Canadien Grandjean.

— Bien!... Grandjean mourra!... Quand s'est accompli ce funeste événement?

— Il y a environ deux heures.

— Descends tout de suite et va me seller le meilleur cheval des écuries du rancho.

Cet ordre, qui lui était donné d'une voix impérieuse et brève, sembla contrarier vivement le Mexicain.

— Seigneurie,, dit-il en hésitant, le meilleur cheval du rancho est le mien, Tordo! mais ce brave animal est, pour le moment, harassé de fatigue. Si vous voulez suivre mon conseil, vous lui accorderez quelques heures de repos, et pendant ce temps-là vous verrez s'il n'y a pas moyen de rappeler le comte à la vie. On prétend, señor Joaquin, qu'il n'y a pas médecin au monde entier qui se connaisse si bien que vous en blessures. C'est vraiment pité de laisser ainsi ce cher seigneur sans secours.

Le Batteur d'Estrade resta un moment à réfléchir.

— Oui... ce Panocha a raison, se dit-il, ce serait une cruauté impardonnable que d'abandonner ce noble don Luis. Quelques minutes de plus ou de moins ne m'empêcheront pas de rejoindre Grandjean. Oh! misérable!... Il n'a donc tenu aucun compte de la lettre que j'avais remise à M. d'Ambron!

Panocha attendait avec une anxieuse impatience que Joaquin Dick lui fît connaître ses intentions. S'éloigner de devant cette porte qui, maintenant ouverte, ne mettait plus aucun obstacle entre la fortune et lui, était au-dessus des forces du Mexicain; d'un autre côté, la crainte que lui inspirait le Batteur d'Estrade était trop grande pour qu'il songeât sérieusement à résister à ses volontés.

Ce fut donc avec une joie des plus vives qu'il entendit Joaquin lui annoncer qu'il allait se rendre auprès de M. d'Ambron, mais cette joie cessa bientôt lorsque le Batteur d'Estrade lui ordonna de le suivre.

— Je vous en conjure, seigneurie, s'écria-t-il, épargnez-moi le triste spectacle de la mort ou de l'agonie du seigneur comte! Je suis d'une sensibilité inouïe, et la vue de cette scène navrante me déchirerait le cœur!

— Ce qui signifie, en d'autres termes, Panocha, que tu désires rester seul pour terminer au plus vite l'opération que tu avais si heureusement commencée lorsque je suis venu t'interrompre. Drôle et vilaine chose que le cœur humain!... Comment se peut-il que, secrètement attaché à Antonia comme tu l'étais... comme je ne serais pas étonné que tu le sois encore, tu songes, pendant que tu pleures sa perte, à t'enrichir de ses dépouilles?

— J'aurais bien volontiers sacrifié ma vie pour sauver celle de ma chère et honorée maîtresse, dit l'hidalgo; mais, à présent qu'elle n'est plus, à quoi bon irais-je abandonner sa fortune à des gens qui ne l'aimaient certes pas autant que je l'aimais, moi?...

— Mais Antonia n'est pas morte, misérable!

— C'est tout comme, seigneurie!... Je connais trop bien la señora comtesse, pour ne pas être assuré qu'elle ne remettra plus jamais les pieds à la Ventana, lui rendît-on aujourd'hui même sa liberté... Tenez, señor Joaquin, si vous n'étiez pas aussi magnifique et aussi caballero, je vous proposerais bien une petite affaire; mais vous, vous me refuseriez! Vous êtes trop fier!...

— Quelle affaire, Panocha?

Le Mexicain démasqua en partie, en se mettant de côté, l'ouverture de la porte devant laquelle il s'était constamment tenu depuis l'arrivée du Batteur d'Estrade, et désignant du doigt l'intérieur du retiro:

— Il y a là des millions, seigneurie, dit-il.

Joaquin Dick leva les épaules d'un air d'incrédulité et de mépris.

— Eh bien! après?

— Après? me demandez-vous, seigneurie. Dame! je trouve que posséder des millions n'a jamais été un déshonneur!

— C'est tout bonnement une complicité dans un vol que tu me proposes, n'est-ce pas, Panocha?

— Prendre des millions ce n'est plus voler, seigneurie, c'est s'enrichir!...

Joaquin Dick sourit; toute accusation ou toute action qui rabaissait ou attaquait l'humanité plaisait à son cœur si plein d'amertume et de haine!

— Mon pauvre Panocha, dit-il, je ne me fâcherai pas de ton offre; elle ne me prouve qu'une chose... que tu n'as pas le courage de tenter de m'assassiner. Alors, retire-toi de devant cette porte et laisse-moi passer. Je veux prendre connaissance par moi-même de ce que renferme cette chambre. Malheur alors à celui qui, pendant mon absence, essayerait de soustraire la moindre chose appartenant à Antonia!...

Le Mexicain, il faut bien l'avouer, eut une noble velléité de courage; il songea à tirer son poignard et à défendre l'entrée du retiro; mais un simple regard de Joaquin Dick le fit aussitôt renoncer à ce vaillant projet; ce regard terne et froid disait la mort!...

Ce fut sans nul pressentiment et sans aucune curiosité que le Batteur d'Estrade franchit le seuil de la porte; mais à peine eut-il aperçu les objets qui ornaient le retiro d'Antonia, qu'il devint d'une pâleur livide; ses jambes tremblaient comme s'il eût été ivre, une expression d'égarement, presque de folie, faisait briller ses yeux d'un éclat étrange, et un frémissement convulsif agitait tout son corps.

Son émotion était si violente, que, pour ne point tomber, il appuya instinctivement ses mains contre la muraille. Une sueur glacée mouillait son front. Bientôt il ferma les yeux et parut perdre le sentiment de la réalité.

Panocha, interdit, n'osait interroger le terrible Batteur d'Estrade; toutefois, la cupidité finit par l'emporter enfin, chez le Mexicain, sur la crainte.

— Que voyez-vous donc, seigneurie, dit-il, que cela vous produit tant d'effet? des monceaux d'or, sans doute?

La voix de l'hidalgo retira Joaquin Dick de son espèce de léthargie momentanée; il se retourna brusquement vers lui, et d'un geste empreint d'une farouche et impétueuse énergie, lui indiqua la porte de sortie.

Il y avait dans ce muet commandement quelque chose de si menaçant, de si absolu, que Panocha ne songea pas une seule seconde, non point à résister au Batteur d'Estrade, mais même à le questionner; il s'éloigna précipitamment, tout en murmurant entre ses dents:

— Ah! Jésus! je ne m'étais pas trompé! il y a des millions!

Une fois qu'il fut seul, Joaquin passa lentement et à plusieurs reprises sa main sur son front humide; ce geste dénotait les pénibles irrésolutions de la démence; il faisait peur.

— Non, non, je me trompe, je suis le jouet d'une étrange hallucination, murmura-t-il enfin. Cette Vierge de Murillo, ce prie-Dieu, ces vases de Chine... que je crois voir, ils n'existent pas... Non, ils n'existent pas!... Pourtant, je les vois!... Non, je rêve!...

Joaquin Dick fit un pas en avant, et s'arrêtant tout aussitôt, il plaça sa main droite devant ses yeux, tout en se serrant les tempes avec force.

— Est-ce que je deviendrais fou? reprit-il avec un véritable effroi. O mon Dieu! vous qui m'avez donné jusqu'à présent la force de supporter les plus poignantes douleurs, ne m'infligez pas cette horrible dégradation morale!... laissez-moi la raison, ô mon Dieu!... les insensés ne se souviennent plus... je ne veux pas de la tranquillité à ce prix... je ne veux pas oublier Carmen! Carmen!... Et pourquoi ne m'apparaît-elle pas, au milieu de ces objets qu'elle tenait de ma tendresse! Cette Vierge de Murillo... je la lui donnai le jour où nous échangeâmes notre anneau de fiançailles! et ce prie-Dieu, ces vases de Chine... eux aussi marquent une date et un souvenir dans mon existence! Eh bien! tu te refuses à mon évocation, Carmen!... Tu n'oses paraître devant celui que tu as si indignement trahi. Écoute, nous sommes seuls, on ne se raillera pas de moi... je puis te l'avouer... oh! mais bien bas... il y a longtemps que je t'ai pardonné... je n'ai jamais cessé de t'aimer... je t'aimerai toujours... Viens... je t'aime!...

Joaquin Dick retira sa main de devant ses yeux, et regardant autour de lui avec égarement.

— Elle n'est pas venue, elle ne viendra pas! poursuivit-il.

Un long silence suivit ces dernières paroles. Joaquin, avec la rare puissance de volonté qu'il possédait à un degré si éminent, se débattait contre l'espèce de délire qui, un instant, l'avait terrassé.

— Bah! reprit-il en affectant une insouciance qui était bien loin de lui, à quoi bon attribuer une cause surnaturelle à un événement qui n'est qu'un simple effet du ha-

Il tira son poignard de sa ceinture et fit sauter le couvercle du coffret. (Page 17.)

sard?... Ces meubles auront été achetés en Espagne par quelque voyageur mexicain qui les aura transportés plus tard dans son pays!... N'importe, ce hasard est bien merveilleux ! Du reste, je comprends et je m'explique l'impression extraordinaire qu'a dû me causer la vue de ces objets qui jadis ornaient la chambre de Carmen ! Retrouver cette Vierge et ce prie-Dieu chez Antonia!... Comment se fait-il qu'elle ne m'ait jamais parlé de cela jusqu'à ce jour?

Le Batteur d'Estrade fit une nouvelle pause, et, après une dernière et involontaire hésitation, il s'avança vers le prie-Dieu et s'y agenouilla: L'intention de Joaquin n'était pas d'élever son cœur au ciel, mais seulement de toucher le meuble qui avait jadis si souvent soutenu le corps et reçu les larmes de Carmen!... un coffret d'ébène incrusté d'ivoire, coffret, nous l'avons déjà dit, qui indiquait l'époque de François Iᵉʳ ou de la renaissance, attira alors son attention.

Pendant plus d'une minute, Joaquin le considéra avec dos yeux qui exprimaient à la fois un désir et une crainte; puis tout à coup, et comme s'il cédait à une irrésistible et soudaine tentation, il s'en empara avec un geste d'avare sautant sur un trésor.

La serrure de ce coffret était fermée. Cet obstacle, au lieu d'arrêter Joaquin, ne fit qu'irriter son impatience. Il tira son poignard de sa ceinture et fit sauter violemment le couvercle du coffret.

XIII

L'EXPIATION.

Le coffret d'ébène, ainsi qu'Antonia l'avait appris à son mari, contenait une volumineuse correspondance et de nombreuses notes écrites de la main de sa mère. Joaquin Dick s'arrêta haletant; la trop grande vivacité de ses émotions paralysait son impatience. Il aurait voulu pouvoir lire d'un seul coup d'œil tous ces papiers, et cependant il n'osait y fixer les yeux : ces caractères jaunis et à moitié effacés par le temps lui semblaient jeter un insoutenable éclat qui devait lui brûler les paupières.

Peu à peu il parvint cependant à dompter son vertigineux effroi, et, prenant une lettre au hasard, il la déplia lentement, d'une main tremblante, et commença à prendre connaissance de son contenu.

A peine eut-il parcouru les premières lignes, qu'en proie à une agitation indicible, il interrompit brusquement sa lecture. Son visage, bouleversé par une émotion sans nom, offrait l'expression d'une douleur surhumaine; on eût dit un des damnés du Dante!

Tout à coup, et par un geste insensé, il retourna le coffret sens dessus dessous et joncha de lettres le plancher, puis se jetant par terre et attirant à lui avec ses deux bras étendus les feuilles éparses sur le carreau, il les serra et les cacha contre sa poitrine avec un élan d'une brutalité passionnée et qui avait quelque chose des mouvements d'un tigre. On eût dit une bête fauve qui, à l'approche du chasseur, ramène à elle ses petits et, sublime de férocité et de dévouement, se condamne momentanément à l'impuissance et à l'inaction pour abriter sous ses griffes puissantes les chers objets de sa tendresse.

Joaquin Dick regarda du côté de la porte et écouta; puis, après avoir regardé de nouveau, il écouta encore. Alors, ne voyant rien, ne distinguant aucun bruit, assuré que ces chères lettres ne couraient aucun danger, il les éparpilla autour de lui, les ouvrit avec une nerveuse activité, et, les yeux brillants de délire, le visage plus pâle que celui d'un mort, il commença sa lecture.

Celui qui aurait été le témoin invisible de cette scène n'aurait pu avoir un seul instant de doute sur l'état de Joaquin Dick; il l'aurait pris pour un fou.

Bientôt des sanglots entrecoupés de cris rauques et étouffés gonflèrent les veines de son cou et soulevèrent à des intervalles irréguliers sa poitrine oppressée.

Combien cet homme écrasé, vaincu, terrassé par une irrésistible douleur, ressemblait peu alors au sceptique, railleur et fier Batteur d'Estrade qui, quelques heures encore auparavant, retranché derrière sa méprisante indifférence pour la nature humaine, se croyait orgueilleusement à l'abri de toutes les souffrances du cœur!

Enfin, les angoisses de Joaquin Dick se réglèrent, s'il est permis de parler ainsi; ses sanglots devinrent des pleurs, les soubresauts saccadés qui remuaient son corps disparurent. La créature fit place à l'homme. Il parut s'étonner de l'étrange et ridicule position physique dans laquelle il se trouvait; il ramassa les lettres et se releva.

Après un moment d'hésitation, il se dirigea lentement vers le prie-Dieu et tomba à genoux. Toutefois, son regard vague, ses lèvres entr'ouvertes mais immobiles, l'abandon fatigué de la pose, ses bras qui pendaient inertes le long de son corps, prouvaient qu'il accomplissait cet acte, dominé plutôt par une aspiration instinctive de son cœur, que poussé par une détermination de son esprit.

Ce ne fut qu'après plusieurs minutes qu'il sortit de cet état de prostration physique et morale.

— O mon Dieu! s'écria-t-il à haute voix, et comme s'il avait besoin de l'aide de la parole pour se reconnaître dans la confusion de ses pensées, ô mon Dieu! prenez pitié de ma faiblesse. c'est à la fois trop de joie et trop de

douleur! Carmen, chaste fiancée, épouse dévouée et fidèle, pardonne à mon long égarement, à mes injurieux soupçons!... C'est l'excès seul de mon amour qui m'a rendu injuste et coupable... Antonia... ma fille!... Moi, j'ai une fille, et cette fille est Antonia!... Oh! c'est trop de bonheur!... Mais comment se fait-il que je sois resté jusqu'à ce jour sans reconnaître mon sang?... Comment sa ressemblance inouïe avec sa mère ne m'a-t-elle pas ouvert les yeux à la lumière?... Pourtant une invincible sympathie m'entraînait vers Antonia... Près d'elle, je sentais la haine s'affaiblir dans mon cœur!... Près d'elle, je retrouvais les généreux sentiments de ma jeunesse!... Et, misérable que j'étais, je me révoltais contre cette chère et salutaire influence... La voix de mon orgueil étouffait celle de ma tendresse! Terrible fatalité!... Non!... ce n'est pas la fatalité... la fatalité n'existe pas... Tout ce qui nous arrive ici-bas n'est que la conséquence logique de nos actions... Dieu ne saurait avoir oublié la justice dans l'harmonie morale de la création!... Si je n'ai pas reconnu Antonia, c'est que je n'étais plus digne d'elle. Oh! mais quelle affreuse pensée! Quoi! lorsque dans quelques jours d'ici, peut-être dans quelques heures, j'aurai délivré Antonia, ma fille, mon enfant, l'enfant de ma Carmen, je n'aurai plus le droit de lui apprendre qu'elle est la mienne, qu'elle est mon sang, que je suis son père! Non! je n'aurai plus ce droit! Le sanglant passé du Batteur d'Estrade, ainsi que ces arbres vénéneux dont le mortel voisinage tue les fleurs soumises à leur action funeste, jetterait entre son mari et elle une ombre fatale à leur mutuel amour! J'empoisonnerais leur bonheur! Le comte a le cœur bien trop haut placé pour que jamais l'idée lui vienne de rendre Antonia solidaire ou responsable des faits, disons le mot, des crimes de son père!... Mais il a le fanatisme de l'honneur, et, malgré lui, la pensée du trop célèbre Joaquin Dick l'éloignerait et le détacherait insensiblement d'Antonia! Oui... oui... je me tairai!... Il le faut; mais le pourrai-je? Où puiserai-je jamais la force de cet immense sacrifice? Renoncer volontairement à la tendresse, à la confiance, aux caresses de mon enfant, de celle qui est le vivant portrait de Carmen, ce sera affreux!... je succomberai à cette torture de tous les instants, à cette torture d'autant plus atroce, que je saurai qu'il est en mon pouvoir de la faire cesser sur-le-champ!... Je n'aurai pas même pour me soutenir ce courage factice que le patient rencontre parfois, à son heure dernière, dans l'exaltation d'un amour-propre en délire! mon supplice aura lieu dans l'ombre... et je serai mon bourreau!... Lâche!... infâme que je suis!... ne voilà-t-il pas que, dans mon égoïsme, je discute le bonheur de ma fille, alors qu'elle est placée sous le coup d'un imminent danger, d'un épouvantable malheur!... Ne devrais-je pas déjà être à la poursuite de son ravisseur?... Non, je dois attendre!... Je ne suis pas, en ce moment, capable d'entreprendre une telle tâche!... Je manquerais de sang-froid, de prudence; j'aggraverais, par d'inopportuns mouvements de rage, l'horreur de la position de mon enfant!...

Joaquin Dick, après une légère pause, leva vers le ciel un regard suppliant.

— O mon Dieu! continua-t-il, sauvez mon Antonia et je fais vœu de renoncer pour toujours à sa tendresse, de subir avec une inébranlable résignation l'expiation que m'impose mon passé.

Joaquin Dick, après avoir prononcé cet engagement solennel, reprit les lettres de Carmen et se mit à les parcourir de nouveau, tout en accompagnant sa lecture de phrases entrecoupées.

— C'est Carmen qui, à son lit de mort, ordonna à sa fidèle nourrice, si elle ne me revoyait plus en Espagne, de partir avec Antonia pour le Mexique, dès que notre chère enfant aurait atteint sa sixième année!... Carmen savait bien qu'après l'avoir perdue, le séjour de l'Europe ne me serait plus supportable, que je m'expatrierais pour le nouveau monde... au Mexique... où ma famille avait possédé jadis de grands biens! Souvent, en effet, j'avais fait part à ma fiancée du désir que j'avais de visiter la terre conquise par Fernand Cortez!... Et ce mariage avec Carlos, mon ami... ce mariage qu'elle m'avait annoncé lorsque j'étais déporté à la Havane, c'était une ruse pour éluder la surveillance de sa famille et pouvoir me rejoindre... Carlos ne m'avait pas trahi... au contraire... pas plus qu'Esteban, qui passa pour avoir joué et perdu ma fortune, et qui n'assumait aux yeux du monde l'odieux d'une action aussi vile, que pour sauver le reste de mon patrimoine déjà entamé par le procès que j'avais eu à soutenir, et menacé plus tard par des haines politiques. Ce fut avec les débris de ma fortune que la nourrice de Carmen emmena plus tard au Mexique Antonia et fit bâtir le ranchó de la Ventana. Oh! quelle est donc cette page que je n'ai pas encore vue? Ce n'est pas l'écriture de Carmen... si... mais elle est presque méconnaissable, tant les caractères sont irrégulièrement tracés. Que dit cette lettre?

Joaquin Dick se mit à lire, mais bientôt des larmes l'empêchèrent de poursuivre... Il porta à ses lèvres la feuille toute jaune et la couvrit de baisers passionnés.

— Chastes aveux d'une passion divine, murmura-t-il, vous me faites croire au ciel!... Carmen, Carmen... jamais aux jours de nos plus ardentes tendresses mon cœur n'a battu plus fort pour toi qu'en ce moment... Carmen, tu n'es pas morte... je te vois... tu es là... près de moi... La flamme limpide de ton regard purifie mes fougueuses passions... Je t'aime comme une femme et je t'adore comme une sainte!... Mais quoi! tu détournes tes yeux des miens... t'aurai-je offensée?... Non, car tu sais lire dans mon cœur, et mon amour est digne de toi!... Pourquoi cet air sévère?... Ah! je devine... tu ne peux me pardonner de t'avoir si indignement méconnue... Tu me reproches les erreurs de mon passé! Carmen, pardonne-moi... j'ai tant souffert!... Pardonne-moi, et je te jure que je redeviendrai digne de ton estime.

Joaquin passa à plusieurs reprises sa main sur son front glacé; la lecture de cette page intime l'avait un moment replongé dans une espèce de délire.

Il venait de se redresser sur ses jambes, comme s'il voulait aller vers Carmen, lorsque tout à coup il poussa un cri de joie délirante; et, joignant les mains avec une indicible expression de bonheur, il resta plongé dans une ineffable extase. Au fond du coffret d'ébène rayonnait, encadré dans un velours grenat, le portrait de Carmen.

— Tu m'as pardonné... Carmen... tu m'aimes toujours, s'écria-t-il d'une voix d'une pénétrante douceur. Oh! sois bénie, Carmen!... je tiendrai ma promesse... je le répète, je redeviendrai digne de toi!

Joaquin contemplait avec avidité les traits frais et charmants de sa bien-aimée épouse, lorsqu'un bruit de pas l'arracha à cette enivrante occupation et attira son attention. Quelques secondes plus tard, l'illustre Panocha apparaissait sur le seuil de la porte.

L'hidalgo, avant d'adresser la parole à Joaquin Dick, plongea d'abord un avide et curieux regard dans l'intérieur du retiro; son étonnement fut extrême en voyant que tous les objets étaient à leur place, et surtout en n'apercevant aucun meuble qui pût servir à enfermer ou à contenir des valeurs.

— Señor Joaquin, s'écria-t-il avec une vivacité qui prouvait qu'il n'était pas sans inquiétude sur la façon dont il allait être accueilli, je vous demande bien pardon si j'ai pris la liberté de venir vous déranger, mais il s'agit du seigneur comte...

Le Batteur d'Estrade tressaillit.

— Oh! rassurez-vous, señor, poursuivit l'hidalgo à qui ce mouvement n'avait pas échappé, je suis au contraire porteur de bonnes nouvelles. Le seigneur comte a complétement recouvré l'usage de ses sens. Il m'a reconnu... il m'a parlé!... ses blessures, que j'ai visitées, ne sont nullement dangereuses. Sa carabine, qu'il portait en bandoulière lorsque ces bandits ont tiré sur lui, l'a préservé d'une mort certaine... La balle a d'abord frappé en plein sur le canon de cette carabine, et ce n'est que par ricochet qu'elle a atteint ensuite notre seigneur comte à la tête!... Quant au second coup de feu, c'est dans la jambe droite qu'il l'a reçu... la balle est restée dans la blessure! si la gangrène ne se met pas de la partie, ce ne sera rien du tout! Maintenant, señor Joaquin, mon embarras est grand, car sa seigneurie demande impérieusement et veut voir à toute force la señora Antonia! Lui avouer la vérité, c'est l'exposer à une dangereuse secousse; la lui cacher, c'est exciter son impatience et enflammer son sang! Il n'y a que vous, señor Joaquin, qui puissiez lui faire entendre raison... Je vous en supplie, accompagnez-moi auprès du comte...

Le Batteur d'Estrade s'empressa de se rendre au désir de Panocha; il avait hâte de revoir le mari de sa fille, ce noble jeune homme vers lequel il s'était senti tout d'abord entraîné par une invincible sympathie qui lui semblait alors avoir été comme une bienveillante indication donnée par la Providence!...

Il renferma soigneusement dans le coffret d'ébène les lettres de Carmen, et, l'emportant avec lui, il descendit au salon. Panocha, après s'être assuré par un coup d'œil jeté à la dérobée que la mystérieuse cassette ne contenait que des papiers, avait repris un peu d'espoir; aussi n'accompagna-t-il le Batteur d'Estrade que jusqu'à la porte de la seconde pièce, et revint-il précipitamment sur ses pas pour fouiller le retiro.

Lorsque Joaquin Dick pénétra dans le salon, le comte avait repris connaissance; seulement sa faiblesse était si extrême, par suite de la grande quantité de sang qu'il avait perdue, qu'il ne pouvait parler qu'à voix basse et avec beaucoup de peine.

La présence du Batteur d'Estrade amena un faible incarnat sur son pâle et beau visage. Il souleva péniblement son bras et lui tendit la main. Joaquin s'avança vers le lit improvisé que les serviteurs du rancho, — après avoir toutefois confectionné leur croix, — avaient enfin songé à dresser pour y déposer leur maître, et prenant la main du comte dans les siennes, il la serra avec attendrissement.

— Monsieur, lui dit le comte en français, votre arrivée imprévue me comble d'étonnement et de joie !... Je pensais justement en ce moment à vous.

— Ne parlez point, cher monsieur, interrompit, également en français, le Batteur d'Estrade : un repos absolu est la première et la plus essentielle condition à votre prochain rétablissement. Laissez-moi examiner vos blessures ; j'ai une très-grande habitude de ces sortes de choses, et j'espère que mon expérience vaudra pour vous la science d'un médecin.

Le jeune homme repoussa doucement le Batteur d'Estrade, qui déjà avait soulevé le drap du lit, et, prenant la parole avec une animation que l'on n'aurait pu attendre de sa faiblesse :

— Les souffrances et les blessures de mon corps ne sont rien en comparaison de celles de mon cœur, s'écria-t-il. Ne m'interrompez pas, monsieur !... Je n'ai qu'une promesse à vous demander... qu'une question à vous adresser...

M. d'Ambron, grâce à un douloureux effort qui augmenta la pâleur de son visage, sans en altérer la sérénité, se souleva sur son lit, et regardant fixement son interlocuteur :

— Monsieur, reprit-il lentement, ce n'est ni au sceptique et impudent millionnaire don Ramon Romero, ni au vagabond Joaquin Dick, ni au mystérieux Batteur d'Estrade que je m'adresse en ce moment-ci... c'est au grand d'Espagne mon supérieur, au gentilhomme mon égal... au noble cœur qui jadis aima Carmen comme j'aime, moi, aujourd'hui, Antonia, que je fais appel !... Me promettez-vous de répondre la vérité entière à la question que je vais vous adresser ?

— Oui, comte.

Le blessé fit une légère pause ; puis, sans cesser de fixer du regard son interlocuteur :

— Qu'est devenue Antonia, ma femme ? demanda-t-il.

— Monsieur d'Ambron, dit Joaquin Dick, à votre tour ne m'interrompez pas !...

— Vous allez mentir...

— N'ai-je pas juré sur la mémoire de Carmen que je ne vous dissimulerai en rien la vérité ? répondit le Batteur d'Estrade d'un ton de tendre reproche.

— Alors Antonia est exposée à un grand danger, interrompit le jeune homme avec une vivacité pleine de colère et de menace, autrement vous auriez déjà mis un terme à mon inquiétude... Quel est ce danger ? pourquoi Antonia n'est-elle pas près de moi ?

— Antonia... pardon... votre femme n'est pas exposée à un danger... mais à une honte...

Un nuage de sang empourpra les joues livides du blessé, tandis qu'un regard d'une superbe fierté dilata ses prunelles et fit resplendir l'azur foncé de ses yeux.

— La honte ne saurait jamais atteindre jusqu'à la comtesse d'Ambron, dit-il d'une voix énergiquement accentuée et qui ne dénotait plus aucun symptôme de faiblesse physique ! Entre la honte et la comtesse, il y aurait la mort !... Vous voyez bien qu'Antonia court un grand danger !... vite... vite... qu'est devenue ma femme ?

— La comtesse a été victime d'un rapt infâme...

— Ah !...

Il serait impossible de rendre l'expression multiple de sensations et de sentiments que renfermait cette seule exclamation de l'infortuné jeune homme.

Ce fut, à la grande surprise du Batteur d'Estrade, d'un ton parfaitement calme que M. d'Ambron reprit la parole après quelques secondes de silence :

— Vous vous êtes trompé tout à l'heure en employant le mot de « honte, » señor Joaquin, c'est humiliation que vous auriez dû dire.

— Vous avez raison, comte !... la douleur m'a égaré...

— La douleur ?

— Oui, comte, la douleur ! Ah ! permettez-moi de vous l'avouer, j'aime Antonia, comme si elle était ma fille !...

Le tremblement de la voix du Batteur d'Estrade et deux grosses larmes qui roulaient sur ses joues basanées, parurent causer une plus profonde impression au blessé que ne l'avait fait l'annonce de l'enlèvement d'Antonia.

Il tendit de nouveau sa main au Batteur d'Estrade, et l'attirant brusquement à lui :

— Merci pour elle, murmura-t-il à son oreille ; merci pour moi, car maintenant je puis pleurer devant vous.

Pendant près de cinq minutes, ces deux hommes si forts, si vaillants, si au-dessus du niveau de l'humanité, mêlèrent, si l'on peut s'exprimer ainsi, leur faiblesse, leur désespoir et leurs larmes.

— Ami, reprit enfin M. d'Ambron, qui, sentant ses forces lui échapper, s'empressa de reprendre la parole, ami... nous sauverons et nous vengerons, vous votre fille, moi ma femme.

— Oh ! je le jure.

— Un dernier mot. Comment a été opéré cet enlèvement ?

— Je n'ai aucun détail sur ce triste événement.

— C'est le marquis de Hallay, n'est-ce pas, qui est le coupable ?

— Le marquis ? répéta Joaquin Dick d'un ton de rage farouche. Oh ! je n'y avais pas encore pensé... c'est vrai... vous avez raison.

— A qui attribuiez-vous donc l'infamie de cette action ?

— A miss Mary !... et cela parce que...

Joaquin Dick s'arrêta au commencement de sa phrase, et poussant une sourde exclamation de rage, bondit, plutôt qu'il ne sortit, hors du salon. Il venait d'apercevoir, à travers les barreaux de la fenêtre, le Canadien Grandjean qui descendait tranquillement de cheval devant la porte du rancho.

XIV

L'INTERROGATOIRE.

A la vue du Batteur d'Estrade, le Canadien poussa une exclamation de surprise, et le saluant avec un joyeux empressement :

— Vraiment, señor Joaquin, s'écria-t-il, j'étais bien loin de penser que j'aurais le plaisir de vous rencontrer, ce matin, à la Ventana. Mais qu'avez-vous donc, seigneurie? comme vous êtes pâle! De quelle singulière façon vous me regardez!... vous serait-il arrivé un malheur? serais-je assez heureux pour que vous ayez besoin de mes services?

Le Batteur d'Estrade ne répondit pas. Grandjean, soit que ce silence l'embarrassât, soit plutôt que la fixité du magnétique regard de Joaquin pesât sur lui, parut tout décontenancé. Il voulut reprendre la parole, mais sa voix n'aboutit qu'à un murmure.

— Bien sûr, grommela-t-il entre ses dents, il est arrivé un malheur!... et instinctivement il se recula de quelques pas.

L'immobilité de Joaquin Dick avait quelque chose de menaçant; son calme était de ceux qui précèdent les orages.

Il s'avança lentement, les bras croisés, les lèvres serrées et le front sillonné de rides vers le géant, et d'une voix dont l'intonation d'une monotonie exagérée dénotait une violente colère concentrée et prête à faire éruption :

— Un crime a été commis ici tout à l'heure, Grandjean, dit-il, et je cherche le coupable pour le punir!...

— Si votre seigneurie désire que, de mon côté, je me mette en campagne, je suis prêt à lui obéir! La nature du crime m'importe peu... Mais je vous demanderai le signalement de l'homme que vous voulez atteindre...

— Ah! la nature de ce crime t'importe peu?

— Votre seigneurie sait bien que je ne me mêle jamais des affaires d'autrui... Qu'est-ce que cela me fait que des gens se riflent, s'égorgent et s'assassinent, du moment que les éclaboussures de ces violences ne rejaillissent pas jusque sur moi!... Si je propose à votre seigneurie de l'aider dans ses recherches, ce n'est pas que je tienne le moins du monde à faire acte de justice, mais seulement de dévouement. Le coupable serait innocent que, du moment qu'il vous déplaît, il y a pour lui une balle dans le canon de ma carabine.

— Ainsi tu es résolu, Grandjean, à tuer cet homme sur un signe de moi, et sans entendre sa justification, si, par hasard, il en avait une bonne à te donner?

— Un homme que l'on veut rifler a toujours, si on l'écoute, un excellent prétexte pour vous prouver que vous auriez tort d'appuyer le doigt sur la gachette. Et puis, seigneurie, je ne suis pas plus poltron ou moins brave qu'un autre, mais je préfère de beaucoup surprendre un homme dont je dois me défaire, à l'avertir qu'il ait à se tenir sur ses gardes.

— Eh bien! moi, Grandjean, je serai plus généreux!... Non-seulement je laisserai à cet homme le temps nécessaire pour établir, si cela lui est possible, son innocence... mais encore, si je le condamne, je ne le frapperai qu'après l'avoir mis sur ses gardes.

— Dame! seigneurie, vous, c'est tout différent, vous pouvez vous permettre ces générosités-là, à bon compte. Personne n'ignore que vous êtes invulnérable. Oh! ce n'est pas que je prétende que vous soyez un sorcier... non... mais enfin, ce qu'il y a de certain, c'est que l'homme que vous attaquez est un homme perdu.

— Si cet homme a un rifle dans ses mains, et qu'il ne soit pas trop lâche pour s'en servir, rien ne l'empêchera de me jeter mort sur le carreau... Ton rifle est-il chargé, Grandjean?

— Oui, seigneurie, toujours!

— Bon!

Le Batteur d'Estrade, les yeux fixés sur ceux du géant, avança encore d'un pas vers lui, jusqu'à lui toucher presque la poitrine, puis d'une voix devenue frémissante :

— Misérable, lui dit-il, n'est-ce pas toi qui as enlevé Antonia? Qui t'a fait agir? Combien t'a-t-on payé ce crime?

Ces paroles, prononcées avec une sombre énergie, produisirent une impression profonde sur le Canadien.

Une teinte vineuse envahit ses joues hâlées et durcies par le soleil, ses grosses lèvres s'agitèrent sans émettre aucun son, et son œil gris, ordinairement si sec et si dénué de rayonnements, se troubla, comme si de son orbite sortait une humide vapeur!

— Mais réponds donc, misérable! reprit Joaquin avec une violence croissante. Es-tu, oui ou non, l'auteur du rapt de la comtesse d'Ambron?

— Oui, seigneurie!

— Qui t'a commandé ce crime?

— Un crime, dites-vous, seigneurie?...

— Pas de mots inutiles! Le nom de ton complice.

— Miss Mary!

— Ah!

Un éclair de joie illumina le sombre regard du Batteur d'Estrade.

— Où est maintenant la comtesse d'Ambron?

— Je l'ignore, seigneurie!

— Comment cela, tu l'ignores? Tu mens, infâme! Où l'as-tu conduite? qui la retient prisonnière?

— Je vous jure, seigneurie, que je vous ai répondu la vérité. J'ai laissé la señora Antonia entre les mains de mon ancien maître don Enrique; je ne saurais donc vous apprendre où elle se trouve en ce moment-ci.

— Antonia... ma... mon enfant... au pouvoir du marquis de Hallay!... Oh! malheureux que je suis!... Grandjean, le coupable que je cherchais, c'est toi... et toi, tu vas mourir!...

— Seigneurie, écoutez-moi... je vous en conjure...

— As-tu écouté Antonia, lorsqu'elle t'a supplié de lui rendre la liberté?... car elle t'a supplié... n'est-ce pas?... Antonia, un ange, avoir été réduite à s'abaisser devant un misérable bandit... un lâche coquin comme toi... C'est horrible!...

— Oui, seigneurie, j'en conviens, reprit Grandjean avec une fermeté qui annonçait plus de résignation que d'espoir, elle m'a supplié; et si j'ai refusé, si je suis resté sourd à ses prières, ce n'est pas que la voix de la cupidité eût étouffé en moi celle de la pitié, mais bien parce que j'avais engagé ma parole à miss Mary et que je suis esclave de ma parole... A présent, si voulez me tuer sans écouter ma justification, soit, vous le pouvez; ma vie vous appartient doublement, car vous me l'avez sauvée deux fois : je ne me défendrai pas!

Le sang-froid, ou, pour être plus exact, la suprême apathie du Canadien arrêta, sans la diminuer, la fureur du Batteur d'Estrade.

— Tu es dans ton droit, dit-il, parle... Avant de te juger, je dois t'écouter!

— Seigneurie, reprit Grandjean, si j'ai consenti à me charger de la conduite de cette affaire, c'est parce que miss

Mary, que l'enfer extermine! m'avait persuadé que, de l'enlèvement de la señorita Antonia dépendait votre bonheur!... Quelles raisons l'Américaine a-t-elle fait valoir à mes yeux ? c'est ce que je ne saurais plus maintenant vous dire. Ce que je puis vous affirmer, c'est que, quand elle m'expliquait toutes ces choses-là, elle semblait avoir complétement raison, et que, moi, je la croyais entièrement. Je ne comprends pas très-bien encore le mal qu'à mon insu j'ai pu faire; car il est certain que, tôt ou tard, vous finirez par rejoindre et délivrer la señora Antonia. Or, que vous importe qu'elle reste quelques jours avec le marquis?... Elle est si jeune, qu'une semaine, un mois, une année même ne la changeront pas beaucoup... Au contraire, elle ne sera que plus grande et plus forte, c'est-à-dire bien plus jolie... Enfin, seigneurie, je me figure que je vous serai plus utile vivant que mort!

— Tu as dit tout ce que tu avais à dire, Grandjean?

— Oui, seigneurie, tout!... je n'aime pas les phrases.

— Ainsi, c'est dans l'unique but de me rendre service, et trompé par miss Mary, que tu as prêté les mains à cette odieuse et criminelle action?

— Oui, seigneurie.

— Alors, tu n'as reçu aucun argent?

Le Canadien baissa la tête.

— Je vous demande pardon, seigneurie; miss Mary m'a remis cinquante onces d'or (1) et une traite de cinq mille piastres sur master Sharp, son père... Il faut tout de même que l'Américaine vous aime joliment pour qu'elle se soit décidée, elle qui connaît si bien le prix de l'argent, à me payer si cher une besogne aussi facile et aussi simple... Après tout, c'est aussi une bien belle femme que cette grande miss Mary!

Depuis que le Canadien avait avoué avoir touché le prix de son crime, le Batteur d'Estrade ne l'écoutait plus, il armait sa carabine. Tout à coup il redressa, par un brusque mouvement de cou, sa tête qui s'inclinait pensive.

— Tu es un condamné, Grandjean! dit-il... Défends-toi...

Le Canadien resta immobile.

— Ne m'entends-tu pas, misérable!

— Oui, seigneurie,... mais je vous répète que ma vie vous appartient. Je suis un honnête homme... Prenez-la.

— Un honnête homme, toi!... Non pas, tu n'es qu'un lâche!...

Grandjean tressaillit.

— Un lâche! un lâche!... qui n'ose s'attaquer qu'aux femmes et que le regard d'un homme fait trembler et pâlir!... un lâche!... tellement lâche... que si je n'avais pas à te punir, je ne daignerais pas même, ainsi que je le fais en ce moment, te frapper au visage!...

Un coup sec et mat retentit : c'était la main fine et nerveuse de Joaquin Dick qui venait de s'abattre sur la joue de Grandjean.

Le géant poussa un soupir qui ressemblait au mugissement d'un buffle en fureur, mais il ne bougea pas.

— C'est un poing qu'il faut à ta dure épiderme, reprit Joaquin avec un effrayant et implacable sang-froid; ah! la honte n'a pas de prise sur ton infamie; eh bien! que la

douleur te réveille de ta vile torpeur et m'empêche de devenir un assassin,...

Le Batteur d'Estrade n'avait pas achevé sa phrase, que son poing frappait le Canadien au front; le sang jaillit avec violence.

Grandjean chancela sous le coup; une expression de rage sauvage et brutale imprima un effrayant cachet de férocité sur son large et osseux visage.

— Mille tonnerres! s'écria-t-il d'une voix rauque.

— Eh bien! lâche! lâche!... répéta Joaquin.

Le Canadien leva vivement son rifle; mais, faisant un effort sur lui-même, il changea la direction de son mouvement, et, jetant sa carabine à vingt pas de lui, il se croisa les bras, ferma les yeux, et d'une voix qui exprimait une immense douleur et un attendrissement profond :

— Je vous aime Joaquin, murmura-t-il; pardonnez-moi, et ne me faites pas trop souffrir,... Adieu!

Des larmes mêlées au sang qui coulait en abondance de son front inondaient les joues du Canadien. Le Batteur d'Estrade se sentit attendri; sa colère tomba.

— Grandjean, s'écria-t-il avec un élan de bonté dont il n'eût certes pas été susceptible une heure auparavant, c'est-à-dire avant la découverte des lettres de Carmen, Grandjean, pardonne-moi,... le désespoir m'avait rendu fou,... Ta main, mon pauvre ami,... je crois à ton repentir!...

— Moi, toucher votre main, seigneurie, répéta le géant avec une émotion indicible, oh! non, je ne suis pas digne d'un tel honneur. Ce sera ma récompense lorsque j'aurai racheté ma faute, mon crime... Demain j'aurai cessé de vivre, ou bien la señorita Antonia sera libre et heureuse à vos côtés.

— Le repentir rachète toutes les fautes, dit Joaquin Dick avec une mélancolie pleine de tristesse, Ta main, mon ami!

— Dieu! que vous êtes bon ! s'écria le géant.

— Un dernier mot, Grandjean. Promets-moi que, sans mon consentement, tu ne tenteras rien en faveur d'Antonia... L'excès de ton zèle pourrait déranger mes plans et retarder le moment de la délivrance de madame d'Ambron.

— Je vous le promets, seigneurie.

— Ne t'éloigne pas de la Ventana; d'un instant à l'autre je puis avoir besoin de toi.

— Que Dieu vous entende, seigneurie!... Que ce Joaquin est donc bon! répéta le Canadien en suivant du regard le Batteur d'Estrade, qui rentrait au rancho. Il aurait dû me tuer cent fois pour une, et, au lieu de me poignarder, il m'a appelé son ami et m'a serré la main... Est-ce que je ne trouverai donc pas l'occasion de me faire casser la tête pour lui?... Si... je la trouverai... et, si je ne la trouve pas... eh bien! je la ferai naître.

Grandjean, après avoir étanché le sang qui ruisselait de son front, était allé ramasser son rifle, lorsqu'en se relevant il aperçut l'illustre Panocha qui se dirigeait de son côté. Le noble hidalgo avait l'air extrêmement affligé.

— Chère Antonia, murmurait-il, chère Antonia, ce n'est pas votre faute si je n'ai pas trouvé une seule piastre dans votre retiro... non, ce n'est pas votre faute et je ne vous en veux pas de cela... mais c'est triste,... bien triste.

La vue du Mexicain donna une idée au géant.

— Holà ! Panocha! lui cria-t-il, deux mots...

____

(1) L'once vaut, selon le change, de 80 à 85 francs,

L'hidalgo releva vivement la tête. Ce nom de Panocha, quoique Antonia ne fût pas au rancho, résonnait toujours d'une façon désagréable à ses oreilles; toutefois, vis-à-vis le géant, il n'osait pas trop manifester son mécontentement.

— En quoi le señor don Andrès Morisco y Malinche y Nabos peut-il vous servir? lui demanda-t-il d'un ton digne et froid.

— En acceptant ces cinquante onces d'or que le seigneur Joaquin m'a chargé de distribuer à qui bon me semblerait...

— Cinquante onces d'or!

— Oui, cinquante onces, et les voici... que je donne à Panocha, tu entends, car jamais je n'oserais offrir de l'argent à l'hidalgo don Andrès Morisco!

— Oh! Panocha te remercie de tout son cœur, cher Grandjean, s'écria le Mexicain en saisissant avec une avidité et une joie sans égales les deux gros rouleaux d'or que lui présentait le Canadien. Panocha sera ton ami jusqu'à la mort. Je savais bien que tu n'étais pour rien dans le malheur arrivé à la señora Antonia.

— Ma foi! disait peu après Grandjean resté seul, — quand on faisait un cadeau au Mexicain il avait, on le sait, l'habitude de se sauver au plus vite, de peur que l'on ne se ravisât, — ma foi! je ne serai pas adjoint au maire de Villequier... mais Joaquin Dick ma serré la main et m'a appelé son ami, et je préfère ce double honneur à toutes les dignités de la terre et au meilleur cidre de la Normandie.

Le Canadien retira alors de sa ceinture de cuir la traite que lui avait souscrite miss Mary, et considérant le papier long et étroit à l'adresse de master Sharp :

— C'est dommage, dit-il, mais il le faut... et il déchira le billet en vingt morceaux.

Une heure plus tard, Grandjean, averti par Panocha que Joaquin Dick demandait à le voir, entrait dans la chambre où était couché le comte d'Ambron.

— Grandjean, lui dit le Batteur d'Estrade, je pars à l'instant pour me mettre à la poursuite du marquis de Hallay. Pendant mon absence, tu soigneras Monsieur comme s'il était moi-même! Dans trois jours, si le comte d'Ambron veut se mettre en route et qu'il soit cependant encore trop faible pour supporter la fatigue du cheval, tu l'attacheras sur sa selle et tu le soutiendras. Je lui ai juré que, dans trois jours, il aurait sa liberté entière d'action... C'est à cette seule condition qu'il a consenti à me laisser examiner et panser ses blessures!... J'espère que tu me rejoindras promptement et sans peine... Il n'est pas probable que la troupe de M. de Hallay fasse de longues étapes, et j'aurai soin de laisser sur mon passage certains signes qui te permettront de suivre facilement ma piste... Tu m'as bien compris?

— Oui, seigneurie.

— Et je puis compter sur toi?

La façon dont le géant, à cette question, leva les épaules et secoua la tête avait toute l'éloquence d'un discours.

Joaquin Dick accompagna le Canadien jusqu'à la salle à manger, et baissant la voix :

— J'ai oublié de te demander un éclaircissement, lui dit-il... Comment se fait-il qu'après l'enlèvement d'Antonia tu aies osé revenir au rancho?

— C'est miss Mary qui m'a donné cet ordre,

— C'est juste... et miss Mary, si tu ne retournes pas promptement près d'elle, ne pourra sans doute pas résister à son impatience d'apprendre ce qui s'est passé, et elle se rendra elle-même à la Ventana?...

— C'est probable, seigneurie!... Que lui dirai-je?

— Que tu n'es plus à son service et que tu lui conseilles de s'éloigner au plus vite d'ici.

— C'est tout?

— Oui.

Lorsqu'un quart d'heure plus tard Joaquin Dick, après avoir pris congé de M. d'Ambron, demanda un cheval, ce fut Panocha qui lui amena Tordo.

— Andrès, lui dit-il après s'être mis en selle, veux-tu savoir quelle est la personne qui a fait enlever ta maîtresse?

— Oh! certes, seigneurie!... Malheur à elle!

— C'est miss Mary. Adieu!

Le Batteur d'Estrade éperonna vigoureusement Tordo, qui partit à fond de train.

XV

LE CHATIMENT.

Le soir même du départ de Joaquin Dick, sa prédiction se réalisa; miss Mary, inquiète de l'absence prolongée de Grandjean, arriva vers les dix heures à la Ventana.

L'Américaine, après avoir confié son cheval aux soins d'un pion, entra dans le rancho; la première personne qu'elle aperçut fut le Canadien.

— Vraiment, master Grandjean, s'écria-t-elle avec une vivacité qui ne lui était pas habituelle, votre conduite est inconcevable! Me laisser ainsi seule au milieu des ruines de Buenavista n'est le fait ni d'un galant homme ni d'un zélé serviteur.

— Miss Mary, répondit froidement le géant, je n'ai jamais eu la prétention de passer pour un gentleman, et je ne suis plus votre serviteur.

— Que me dites-vous là, master Grandjean?

— Ce que le señor Joaquin Dick m'a ordonné de vous dire, miss Mary... que je ne suis plus à votre service... et j'ajouterai que plût à Dieu que je n'eusse jamais fait votre connaissance!

— Vous avez vu le señor Joaquin? demanda la jeune fille avec un sentiment de crainte involontaire; alors il doit s'être passé quelque événement nouveau à la Ventana?

— Oui, miss Mary, un événement très-grave, mais auquel le Batteur d'Estrade n'a pris aucune part. Quant à moi, j'ai tout bonnement manqué d'être riflé pour avoir fait la double sottise de vous croire et de vous obéir. Voyez-vous, miss, une femme m'offrirait maintenant un million pour obtenir mon concours dans une affaire, que je refuserais sans hésiter. J'avais joliment raison de me méfier lorsque vous m'avez proposé, à San-Francisco, de vous accompagner en voyage. Que n'ai-je, hélas! suivi les conseils de mon bon sens, au lieu d'écouter la voix de la cupidité !... bien des malheurs qui sont arrivés n'auraient pas eu lieu !

— Il me semble cependant, master Grandjean, que vous n'avez pas eu à vous plaindre de ma générosité, et ne vous êtes pas trop mal trouvé du concours que vous avez pu me prêter ! Ces cinquante onces d'or que vous avez reçues comptant...

— Je les ai données.

— Ces traites pour cinq mille piastres...

— Je les ai déchirées...

L'Américaine regarda le Canadien avec étonnement.

— Quel est donc cet événement dont le rancho de la Ventana a été le théâtre ? Peut-être m'expliquera-t-il le changement extraordinaire qui s'est opéré en vous... Parlez ! je vous écoute...

— Je vous demanderai au contraire la permission de me taire, miss Mary.

— C'est donc un secret ?

— Oh ! nullement ; mais je n'ai aucune envie d'entamer une conversation avec vous... vous n'auriez qu'à me tromper encore... Moins on cause avec les femmes et mieux cela vaut... Elles sont si... Tenez, suivez-moi, miss Mary ! ce que je refuse de confier à vos oreilles, je puis le montrer à vos yeux !... je ne crains pas votre regard, et j'ai une peur du diable de votre langue.

Grandjean, sans attendre le consentement de la jeune fille, la prit par la main et la conduisit au rancho.

— Tiens ! murmura-t-il pendant ce court trajet, il paraît que toutes les femmes ne sont pas des torpilles, le contact de la main de celle-ci ne me produit aucun effet.

Lorsque miss Mary aperçut en entrant dans le salon M. d'Ambron étendu sur son lit de souffrances, elle poussa un cri de désespoir et chancela comme si elle allait tomber ; mais, surmontant tout aussitôt sa faiblesse, elle s'élança vers le blessé, et, prenant une de ses mains dans les siennes, elle s'agenouilla auprès de lui et se mit à verser d'abondantes larmes.

— Monstre ! s'écria-t-elle en s'adressant à Grandjean qui se tenait debout et impassible devant elle ; c'est vous qui, pour gagner votre infâme salaire, avez commis ce crime !

Le Canadien leva les épaules d'un air de pitié.

— Miss Mary, répondit-il d'un ton piqué, si vous aviez tant soit peu réfléchi avant de parler, vous n'auriez pas dit cette sottise. Vous voyez bien que le seigneur comte respire encore ! Or, moi, quand je rifle, je ne blesse pas, je tue !

— Mais enfin, comment ce crime ou cet accident a-t-il eu lieu ?

— Je manque de renseignements précis à cet égard. Quand vous vous retrouverez avec votre ami le marquis de Hallay, vous n'aurez qu'à l'interroger à ce sujet ; il pourra, lui, satisfaire votre curiosité.

— Le marquis de Hallay ! lui qui m'avait promis, juré qu'il n'attenterait sous aucun prétexte aux jours du comte ! Oh !... trahison !...

— Dame ! que voulez-vous, miss Mary ! c'est l'usage : sur deux complices d'une mauvaise action, il y en a toujours un qui trahit l'autre. A moins, ce qui arrive assez souvent, qu'ils ne se trahissent réciproquement tous les deux.

L'Américaine ne répondit pas ; peut-être bien n'avait-elle pas entendu ; toute son attention était portée sur M. d'Am-

bron, qui, affaibli par la perte de son sang et engourdi par la fièvre, était plongé dans une espèce de sommeil léthargique.

Pendant près de deux heures, miss Mary, pâle et immobile comme une statue ; resta ainsi agenouillée au pied du lit.

Vers minuit, M. d'Ambron s'agita sur sa couche, puis peu à peu il parut revenir à lui et finit par ouvrir les yeux.

— Elle ! toujours elle ! dit-il d'une voix rauque et qui décelait, sinon l'effroi, au moins l'impatience ; éloigne-toi, sinistre apparition... cesse de te placer entre moi et mon adorée Antonia... Va-t-en, fatale Mary... va-t-en ! je suis fatigué, brisé... aie pitié de ma faiblesse... va-t-en...

— Cher et bien-aimé comte d'Ambron, murmura l'Américaine d'une voix douce et suppliante, ne m'accablez pas de votre colère... Je vous jure que je suis innocente du malheur qui est arrivé !... Oh ! pouvez-vous me supposer coupable... moi qui, pour vous épargner une souffrance, n'hésiterais pas à verser tout le sang de mes veines !...

A mesure que mis Mary parlait, le regard vague et indécis du jeune homme prenait une fixité de plus en plus prononcée ; la raison lui revenait.

Tout à coup, par un brusque mouvement de dégoût assez semblable à celui que cause le contact de la peau froide d'un serpent, il retira vivement sa main d'entre celles de miss Mary, et se soulevant sur son lit :

— Miss Mary, dit-il avec une lenteur qui donnait une grande dignité à sa parole, je vous prie de me pardonner les expressions qui, je le crains, ont pu échapper à mon délire.

— Oh ! cher comte...

— Ne m'interrompez pas, miss, je suis extrêmement faible, et je veux, je dois éviter toute fatigue qui retarderait mon rétablissement. J'aurai besoin bientôt de toutes mes forces. Je vous le répète, et je vous en prie, ne m'interrompez pas.

Le blessé fit une pause de près d'une demi-minute, puis il reprit du même ton :

— Les femmes, quand elles n'ont plus de droits à mon estime, en ont toujours à ma pitié. Si je ne puis m'incliner devant leur vertu, je respecte au moins leur faiblesse. Rassurez-vous, miss, aucune récrimination ne sortira de ma bouche. Je ne toucherai pas au passé, car ce serait m'exposer à avoir plus tard à rougir et à me repentir de ce que je pourrais vous dire en ce moment-ci. Miss Mary, je n'ai qu'une prière à vous adresser.

— Oh ! parlez... parlez... cher comte !...

— Cette prière, miss Mary, c'est que vous vouliez bien me laisser à mon isolement et à mes souffrances !... Vous m'affligeriez sincèrement en insistant pour me faire préciser les motifs qui me forcent à m'exprimer ainsi ; mais votre présence est de nature à aggraver ma position, à empirer mon état... Or, je vous le répète, sous peu, sous très-peu de jours, j'aurai besoin de toutes mes forces. Miss Mary, vous en supplie, ne me répondez pas !... le son seul de votre voix... mais non... il est inutile que j'appuie par de pénibles réflexions la prière que j'adresse à votre générosité !... La certitude que votre obstination augmenterait mes souffrances et m'exposerait à un sérieux danger suffira, j'en suis persuadé, pour vous déterminer à partir !... Que le ciel vous pardonne le mal que vous avez fait, miss. Adieu !...

Les paroles du Canadien produisirent une pénible impression sur M. d'Ambron. (Page 28.)

Le comte, après avoir dit ces mots avec une froide énergie, tourna sa tête du côté opposé à celui où se tenait l'Américaine et resta dans une complète immobilité.

Après une courte et suprême hésitation, la jeune fille se releva, et d'une voix basse, quoique profondément accentuée :

— Au revoir, comte, dit-elle.

Alors, la tête haute et fière, la contenance assurée, elle passa lentement devant Grandjean et Panocha ; toutefois, et quel que fût l'empire qu'elle exerçait sur elle-même, elle chancela un moment, comme si elle était prise de vertige, et n'arriva que difficilement à la porte de sortie. A peine fut-elle au grand air qu'elle éclata en sanglots.

Longtemps, bien longtemps l'Américaine resta debout devant le rancho.

— Oh! il m'aimera... dit-elle enfin avec un froid emportement, s'il est permis de parler ainsi, il m'aimera... ou je mourrai... mais je ne reculerai pas!

Pendant les trois jours qui suivirent, miss Mary, retirée dans une chambre de la maison, n'en sortit pas une seule fois, du moins tant que le soleil éclairait la nature; la nuit venue, elle descendait furtivement et restait jusqu'au lendemain son front appuyé contre les barreaux de la fenêtre de la chambre où reposait le blessé.

Le troisième jour, le comte d'Ambron monta, ou, pour être plus exact, se fit hisser à cheval; et, quoique sa faiblesse fût encore excessive, il partit, accompagné de Grandjean, pour aller rejoindre Joaquin Dick.

— Ne nous accompagnes-tu pas, Panocha ? demanda le géant au Mexicain qui lui offrait, pour le coup de l'étrier, un énorme verre rempli jusqu'aux bords de mescal.

— Non, merci, pas maintenant...

Le comte et le Canadien n'étaient pas à cinq cents pas du rancho, quand Panocha, cessant de les suivre du regard, s'élança vers l'escalier qui conduisait au premier étage de la ferme, et, en gravissant les degrés avec une agilité de jaguar, s'en alla frapper à la porte de la chambre de miss Mary.

— Oh ! ne vous dérangez pas, señorita, dit-il en entendant la voix de la jeune fille. Entre gens qui se connaissent, les cérémonies sont superflues.

Alors, sans attendre la réponse ou le consentement de l'Américaine, don Andrès referma derrière lui la porte à clef, ôta ensuite vivement la clef et la mit dans la poche de sa veste.

— Que demandez-vous, señor? dit miss Mary, plus irritée qu'effrayée de l'action du Mexicain.

— Je demande, señorita, à avoir l'honneur de vous présenter mes très-humbles hommages.

L'Américaine eut un regard d'un superbe mépris.

— Vos hommages! répéta-elle. Je suppose que vous voulez plaisanter... et je trouve cette plaisanterie très-déplacée. Sortez, señor.

Panocha, au lieu d'obéir à cette injonction, accompagnée d'un geste impérieux, se mit à se balancer avec une grâce infinie.

— Ne craignez-vous point, señorita, dit-il, que vos rigueurs ne me poussent au désespoir? Bon! voici vos beaux yeux qui brillent de colère!... Caramba! je sais bien que je ne suis pas comte, mais du moins suis-je hidalgo... Un hidalgo peut prétendre au cœur d'une reine. Or, si Grandjean ne m'a pas trompé, vous n'êtes que la fille d'un négociant!... Allons, allons, ne vous fâchez pas; d'abord cela nuit à votre beauté, ensuite ça ne vous avancerait à rien du tout. L'homme aux ours gris, votre ami, le marquis de Hallay, est fort loin d'ici; le seigneur comte et votre ancien serviteur le Canadien sont partis; les pions sont aux champs, nous sommes, vous et moi, tous les deux seuls au rancho.

Cet exorde avait à la fois quelque chose de grossier et de menaçant qui aurait effrayé bien des femmes; mais l'Américaine ne se troubla pas.

— Au fait, interrompit-elle froidement, que voulez-vous de moi? Expliquez-vous le plus clairement et le plus brièvement possible. J'ai hâte d'être débarrassée de votre inconvenante présence! C'est de l'argent que vous souhaitez, n'est-ce pas? Eh bien, soit, dites votre chiffre! s'il est raisonnable, je verrai...

Panocha se livra à une petite pantomime fort gentille, et qui pouvait se traduire par : « Mon Dieu! comme on me juge mal. » Puis, élevant la voix :

— Réellement, señorita, dit-il, je n'ai pas de chance avec vous! La première fois que j'ai eu le bonheur de vous voir, vous m'avez pris pour un danseur de corde, et aujourd'hui vous me qualifiez de voleur!... Deux étranges méprises!... Ce que je veux, señorita, ce n'est pas de l'argent, c'est de la vengeance...

— De la vengeance! et quel mal vous ai-je fait? En quoi avez-vous jamais eu à vous plaindre de moi?

— Oh! quelle plaisante question! s'écria Panocha, dont la pantomime devint extravagante. Quoi! ma bonne et excellente maîtresse, la seule femme que j'aie jamais sérieusement aimée, est enlevée par vos ordres et livrée à un bandit!.. mon ami, le comte d'Ambron, est à moitié tué... moi je suis plongé dans le désespoir... et vous osez me demander quels sont mes griefs contre vous! Franchement, c'est de l'impudence.

Panocha fit une pause : sa pantomime avait cessé; mais, en revanche, une expression horrible, et qui tenait le milieu entre un effrayant cynisme et une atroce férocité, donnait à ses petits yeux l'éclat de ceux de la vipère! L'Américaine sentit s'évanouir son assurance; elle commença à avoir véritablement peur.

— Epargnez-moi ces insultes aussi lâches qu'elles sont inutiles, dit-elle en affectant une fermeté qu'elle n'avait plus... Où voulez-vous en venir?...

— Je vous le répète, à venger la señora comtesse.

— Soit! Eh bien, quelle doit être cette vengeance?

Le Mexicain sortit son couteau, une lame longue, droite et effilée, du fond de la poche de sa calzonera, et faisant luire le brillant acier par un geste expressif et rapide :

— La vengeance d'un hidalgo, c'est la mort...

L'Américaine eut la force de sourire d'un air moqueur.

— Les hidalgos, quand ils sont pauvres et qu'ils ont un rang à soutenir, préfèrent l'or au sang, dit-elle. Mon père est riche, et il m'a donné pleins pouvoirs pour tirer sur lui. Voulez-vous une traite de mille piastres?

Don Andrés fut quelque temps à répondre.

— Ni mille, ni dix mille, ni cent mille piastres! s'écriat-il... Cessez, miss Mary, des offres inutiles et qui ne peuvent que blesser ma susceptibilité. Non... tout l'or du monde ne saurait vous sauver!...

L'Américaine était devenue extrêmement pâle.

— Puisque votre intention est si bien arrêtée, si irrévocable, puisqu'il ne me reste aucune chance de salut, à quoi bon prolonger inutilement mon agonie? dit-elle. Frappez et soyez maudit!...

— Ah! permettez, señorita doña Maria, je n'ai point prétendu qu'il ne vous restât aucune chance de salut... au contraire... il en est une... mais une seule...

— Laquelle?

Le Mexicain regarda longuement, fixement, l'infortunée jeune fille; puis d'une voix singulièrement accentuée :

— Un caballero, un hidalgo, et je suis l'un et l'autre, ne frappera jamais la femme qui l'aura aimé, dit-il.

La pâleur de l'Américaine fit place à une vive rougeur, et avec une indignation profonde :

— Misérable! dit-elle.

Il y avait un tel mépris dans cette exclamation, que ce fut au tour de Panocha de pâlir.

— Prenez garde, doña Maria, reprit-il d'une voix sourde, prenez garde!... peut-être bien vous figurez-vous que je plaisante... Vous auriez tort... Je vous jure sur ma part de paradis que ce que j'ai dit je le ferai!...

— Je vous crois, misérable!

— Caramba! je dois l'avouer, vous êtes une vaillante señorita; mais votre indignation ne vous rend que plus séduisante. Doña Maria, il est deux heures... à deux heures cinq minutes, ou vous aurez cessé de vivre, ou vous ne serez plus dangereuse pour le repos de ma bonne maîtresse, car vous n'oserez plus reparaître jamais devant le seigneur comte.

Panocha mit par terre la montre qu'il tenait de la générosité de M. d'Ambron, et, le dos appuyé contre la porte, son couteau à la main et les yeux fixés sur l'infortunée miss Mary, il attendit sa décision. Ce fut un terrible silence.

— Deux heures cinq minutes, dit-il en s'avançant d'un pas vers sa victime.

L'infortunée abaissa ses paupières, croisa fortement ses bras sur sa poitrine, et d'une voix qui vibrait plutôt de passion qu'elle ne tremblait d'effroi :

— Luis, dit-elle, je t'aime!

Panocha frappa!...

Une demi-heure plus tard, le Mexicain, monté sur un cheval dont il déchirait les flancs à grands coups d'éperons, courait sur la route et dans la direction de Guaymas.

Le visage de l'assassin était livide, et toutefois une farouche satisfaction se lisait sur ses traits.

— Bah! ce n'était pas une femme, c'était une bête fauve! se disait-il. Je ne me repens pas de ce que j'ai fait... je devais venger ma maîtresse... et puis, je suis persuadé que la traite que m'offrait l'Américaine n'aurait pas été payée.

XVI

L'APACHERIA.

Le territoire le moins exploré, et par conséquent le moins connu de toute la république mexicaine, est sans contredit celui de l'*Apacheria*. Le nombre des voyageurs qui ont osé s'aventurer, jusqu'à ce jour, dans ces contrées sauvages, est peu considérable; le chiffre de ceux qui en sont revenus presque nul. Les Indiens Apaches savent défendre leurs solitudes.

Nous demanderons au lecteur de ne pas nous accuser d'ignorance, si par hasard nous ne nous trouvons pas être d'accord avec les géographes de cabinet qui ont bien voulu s'occuper de ces lointaines contrées. Ils en ont donné des descriptions d'un style honnête et correct, d'une couleur modérée; descriptions fort honorables, sans doute, et qui obtiendraient à coup sûr un prix de narration dans un concours de rhétorique, mais qui pèchent néanmoins par un léger défaut, par un manque complet d'exactitude.

L'Apacheria, dont on a fait, pour ainsi dire, une succursale de la *Prairie*, ne ressemble en rien au désert américain; elle n'en a ni la configuration plane, ni les horizons monotones. Si, de temps à autre, une magnifique vallée offre sa verdoyante arène à l'impétueuse rapidité des chevaux à moitié sauvages ou aux gracieux élans des chevreuils et des daims, bientôt de hautes montagnes bizarrement découpées et d'impénétrables forêts pleines d'ombre et de mystère rompent la ligne droite du paysage, et présentent un second plan pittoresquement accidenté.

Ce qui frappe le plus d'étonnement dans l'Apacheria, c'est l'intime harmonie qui existe entre ses habitants et son sol : on dirait que la nature comprend et partage leurs passions. Défiante et circonspecte, elle semble, par ses précautions infinies, prévoir et redouter l'envahissement de la civilisation. De nombreuses rivières, véritables labyrinthes aquatiques, dont les affluents seuls sont indiqués sur les cartes, mais dont les sources restent inconnues, coulent silencieusement sous les dômes de feuillage des forêts, et échappent, par leurs inextricables sinuosités, à la connaissance du piéton explorateur. Des amas de roches volcaniques, repaires des plus dangereux reptiles, cachent et défendent l'entrée des plaines et des vallons. L'écho lui-même reste muet, comme s'il craignait de compromettre, par son complaisant bavardage, le secret d'une retraite inconnue.

C'est sur les confins de l'Apacheria, que nous conduirons le lecteur. Il est deux heures de l'après-midi. Deux cavaliers sont assis au pied d'un arbre, auquel ils ont attaché leurs chevaux. Les flancs amaigris et l'impatiente voracité des deux pauvres bêtes, qui arrachent et broutent avec des mouvements saccadés et nerveux l'herbe à leur portée, prouvent qu'ils viennent de subir une longue abstinence. Les cavaliers sont le comte d'Ambron et le Canadien Grandjean. On est aux premiers jours du mois de décembre.

Le jeune homme est pâle, et chaque mouvement paraît lui causer d'atroces souffrances; néanmoins il a le regard fixe et pensif; on dirait qu'isolé du monde physique par une préoccupation puissante, il subit la douleur à son insu. Quinze jours se sont écoulés depuis l'enlèvement d'Antonia.

Quant à Grandjean, c'est bien toujours le même homme; sa robuste constitution n'a rien perdu de sa force, ses nerfs ont conservé toute leur vigueur; seulement son osseux visage n'a plus cette expression d'apathique indifférence qui jadis lui était habituelle. Un sentiment tout nouveau pour lui, et qui tient tout à la fois de la mélancolie et du remords, a traversé sa rude épiderme et pénétré jusqu'à son cœur. Depuis le pardon que lui a accordé Joaquin Dick, le géant a beaucoup réfléchi à des choses qui jusqu'alors n'avaient jamais attiré son attention : il commence, non pas encore à comprendre, mais du moins à soupçonner qu'en dehors de l'amour de la Normandie, de la soif de l'or et du maniement du rifle, d'autres passions peuvent prendre place dans la vie. Le désespoir de son compagnon de voyage, désespoir dont il a deviné l'effrayante portée, malgré le calme apparent du comte, lui laisse aussi pressentir, bien vaguement, il est vrai, l'existence d'un monde intellectuel et moral. Le Canadien est inquiet, tourmenté; il mange sans grand appétit; un seul gigot de daim suffit à un de ses repas.

Le paysage tout exceptionnel, quoique peu étendu, qui encadre l'aventurier et le comte, mérite une courte description. A leur droite, à cent pas à peine, la rivière Gila, grossie par l'affluent du *rio Azul* (ou rivière bleue), reflète dans ses eaux calmes et limpides les cimes d'arbres d'essences différentes; à gauche, un bois touffu invite par sa fraîcheur le voyageur au repos; du côté du nord, on aperçoit un colossal monceau de ruines, d'un aspect aussi saisissant qu'étrange; ces ruines, à moitié ensevelies sous un manteau de lianes et dominées par des palmiers de la grande espèce, n'appartiennent à aucun ordre connu d'architecture; elles rappellent volontiers les gravures à la manière noire de Martins, le fougueux crayonneur des catastrophes bibliques; on pourrait se croire dans l'un des faubourgs ravagés de Ninive. Un énorme bloc de pierre de taille, grossièrement sculpté, représente un monstre hideux et sans analogie dans la nature ou dans la fable. Ces ruines, auxquelles la tradition ne peut appliquer une date précise, sont un des restes de la splendeur des premiers monarques aztèques : lors du débarquement du fier et rusé Castillan Fernand Cortez, l'aventurier de génie, ces antiquités servaient déjà aux lettrés de la cour de Montézuma à rédiger des mémoires et à se faire recevoir de l'Académie des sciences de Mexico.

Il y a déjà près d'une demi-heure que le comte et le Canadien sont assis à côté l'un de l'autre, et ils n'ont pas encore échangé une seule parole. Grandjean joue distraitement avec la batterie de son rifle ; M. d'Ambron est toujours plongé dans une profonde rêverie. Enfin le jeune homme laisse échapper un geste d'impatience, et son regard, perdant sa fixité, interroge les environs.

— Rien ! murmura-t-il comme se parlant à lui-même ; Grandjean se sera trompé.

— Je vous demande bien pardon, monsieur, s'écria le géant, mais votre supposition n'a pas le sens commun. Je ne pouvais pas me tromper, et je ne me suis pas trompé. C'est parfaitement bien ici que sa seigneurie Joaquin Dick nous a donné rendez-vous.

— Joaquin Dick, répéta le jeune homme, l'avons-nous donc rencontré ?

A cette question faite machinalement et d'un ton qui dénotait une absence momentanée d'esprit ou de mémoire, le Canadien secoua lentement la tête, et contempla presque avec tristesse son interlocuteur.

— Non, monsieur, dit-il, depuis notre départ de la Ventana, nous n'avons point rencontré le señor Joaquin en personne, mais à chacun de nos pas nous avons trouvé une indication ou une recommandation venant de lui. Ce matin, en arrivant sur les bords du rio Gila, je vous ai montré, dessinée sur le sable, une figure qui représentait avec une scrupuleuse exactitude cette vilaine idole en pierre que nous avons en ce moment-ci devant les yeux ; à côté de ce dessin, une empreinte simulant deux fers croisés de cheval, nous ordonnait d'une façon claire et précise de nous arrêter et d'attendre lorsque nous aurions atteint l'endroit où nous sommes maintenant. Vous voyez bien que le doute ne m'est pas permis, et que je n'ai pu commettre aucune erreur.

— Soit ! attendons ! Ah ! un mot, Grandjean. Penses-tu que nous soyons encore bien loin de la troupe des bandits que guide et commande le marquis de Hallay ?

— Non, seigneurie.

— Mais à quelle distance ?

— Je l'ignore au juste ; elle doit être peu grande.

— Dieu veuille que tes calculs soient exacts ! Ainsi, selon toi, c'est ce soir ou demain, au plus tard, que nous attaquerons les bandits et délivrerons madame la comtesse d'Ambron ?

— Je n'ai rien avancé de semblable, seigneurie. J'ajouterai même qu'un pareil projet ne s'est jamais présenté à ma pensée !... Attaquer à nous deux la troupe de M. de Hallay !... plus de deux cents hommes ! Ce serait tout bonnement de la démence. Autant vaudrait tenter dans une frêle embarcation la descente des chutes du Niagara.

— Qu'importe que nous succombions, pourvu que cet infâme de Hallay reçoive le châtiment de son crime !

— Mais cela importe au contraire beaucoup, señor. Je n'aime pas à être la dupe d'un marché ou d'un sentiment. Or, se venger en se sacrifiant soi-même, ce n'est plus se venger : c'est partager sottement le malheur de son ennemi.

— Ainsi, si un heureux hasard me met prochainement en présence du marquis, je ne devrai plus compter sur toi ?

— Je vous demande pardon, monsieur, là où je vous aurai conduit je ne vous abandonnerai pas.

— Non, non, Grandjean, je ne saurais accepter ton dé-

vouement. J'étais fou tout à l'heure en te demandant de t'associer à ma haine : tu me connais à peine ; je n'ai jamais rien fait pour toi. Le marquis de Hallay ne t'a pas offensé. Je n'ai donc à attendre qu'une chose de ta bonne volonté : que tu m'aides à rejoindre le plus tôt possible le ravisseur de la comtesse. Quand sonnera l'heure du combat, je te rendrai ta liberté pleine et entière.

— Quand sonnera l'heure du combat, monsieur d'Ambron, reprit froidement le Canadien, vous me verrez à vos côtés, et vous entendrez la voix de mon rifle se mêler aux clameurs de la bataille ! Oh ! ne me remerciez point, je n'ai pas achevé. Si je suis prêt à unir mes efforts aux vôtres, ce n'est pas à dire que j'aie soif du sang de mon ancien maître, que j'embrasse vos rancunes et que je partage votre désespoir. Non, dans le cas actuel, je ne songe pas même à vous ; je n'ai qu'un désir, qu'un but : rendre au seigneur Joaquin Dick la tranquillité et le bonheur.

Les paroles du Canadien produisirent une pénible impression sur M. d'Ambron.

— J'admets volontiers, dit-il, que le señor Dick, connaissant Antonia dès sa plus tendre enfance, lui porte un certain intérêt ; mais cet attachement banal et qui ne repose que sur l'habitude, ne saurait être ni assez vif ni assez profond pour que le malheur arrivé à la comtesse ait plongé le Batteur d'Estrade dans un tel désespoir, que tu n'hésites pas, toi, son dévoué serviteur, à sacrifier tes jours pour mettre un terme à son chagrin. J'ai réfléchi bien souvent, depuis l'enlèvement de la comtesse, à la poignante douleur que cet affreux événement causa à Joaquin. Il paraissait aussi abattu que moi-même, et il était sincère, car j'entends encore les sanglots qui déchiraient sa poitrine, je vois encore les pleurs qui coulaient sur ses joues ! Lui et moi nous mêlâmes nos larmes et nos serments de vengeance ! Étourdi sur le moment par le coup épouvantable qui me frappait, j'acceptai cette sympathie sans l'analyser. L'infortuné qui se noie ne se cramponne-t-il pas, avec une ardeur et une joie égales, à la tige bienfaisante ou empoisonnée qui doit l'aider à regagner la rive ? Aujourd'hui, plus maître de ma pensée, je m'étonne de l'intérêt passionné que le señor Dick m'a montré dans ces tristes circonstances, et mon étonnement, je ne te le cacherai pas, va même jusqu'au soupçon !... Ne crois pas, Grandjean, que je veuille t'arracher le secret du Batteur d'Estrade !... Loin de là !... je tiens uniquement à te bien faire connaître mes intentions, afin que tu n'aies pas, plus tard, le droit de m'accuser de t'avoir trompé !... Je te déclare donc que si je suis assez heureux pour parvenir à délivrer la comtesse, elle partira pour l'Europe sans revoir le señor Joaquin ! Ce n'est pas, comprends bien ceci, que je me méfie d'Antonia !... ce serait, de ma part, un odieux et abominable sacrilége ! Ce que je ne saurais ni souffrir, ni permettre, malgré ma triste et misérable position présente, c'est que les personnes qui s'associeront à mes efforts et m'aideront dans cette lutte, combattent avec une arrière-pensée qui, tout insensée qu'elle serait, n'en constituerait pas moins une cruelle injure pour madame d'Ambron. En un mot, je ne veux accepter pour alliés que ceux à qui je pourrais offrir mon amitié ou donner mon or.

Le Canadien avait écouté le jeune homme avec une sérieuse attention, mais sans trahir par aucun signe l'impreson que ce langage produisait sur lui. Ce fut d'une voix différente qu'il répondit.

— Monsieur d'Ambron, quoique un danger et des efforts communs rapprochent aisément les hommes, je n'ignore pas la distance qui existe entre nous deux, et je vous suis très reconnaissant des explications que vous avez bien voulu me donner. Toutefois, je n'ai rien compris, ou du moins j'ai compris fort peu de chose à ce que vous venez de me dire. Que le señor Joaquin aime doña Antonia, cela n'est pas douteux... J'en ai une preuve que je n'oublierai jamais... car elle a manqué de me coûter la vie!... Maintenant, l'affection du Batteur d'Estrade doit-elle s'appeler amour ou amitié? Je l'ignore et ne m'en inquiète pas le moins du monde. Il me suffit d'être assuré qu'en essayant de délivrer la comtesse, je serai agréable au señor Joaquin, pour que je n'hésite pas, dès que l'occasion s'en présentera, à me faire casser la tête!... C'est une dette que j'ai contractée envers lui et que j'acquitterai loyalement! Voilà, monsieur d'Ambron, pourquoi vous avez le droit de compter entièrement sur moi! Quant à votre répugnance à accepter l'appui du señor Joaquin, je ne me l'explique pas... Qu'est-ce que cela peut vous faire, qu'il soit amoureux ou non de doña Antonia? Tant mieux pour vous, au contraire, s'il l'aime; car il vous aidera à la tirer des mains du marquis!... Une chose que je n'ai jamais pu concevoir, c'est qu'un mari soit jaloux de sa femme! Moi, quand j'ai un joli cheval et que des écuyers ou des magnignons m'en font compliment et le regardent avec envie, je me trouve non pas humilié, mais très-bien flatté. Enfin, chacun a sa manière de voir!

La réponse du Canadien laissa le comte silencieux, quoiqu'elle eût à diverses reprises fait briller un éclair de colère dans ses yeux et amené le sang à ses joues pâles. Il se repentait d'avoir, par un sentiment de loyauté exagérée, entamé une pareille discussion. Le nom d'Antonia aux lèvres de Grandjean, n'était-ce pas une profanation?

Enfin, après un silence de quelques minutes, le comte se leva, détacha son cheval, et se retournant vers le Canadien :

— Grandjean, dit-il, le señor Dick ne viendra pas! Remettons-nous en route : nous n'avons déjà que trop perdu de temps!

— Faites excuse, monsieur, répondit le géant sans bouger de sa place, le señor Joaquin est l'exactitude en personne; il viendra.

— Est-il donc impossible qu'un empêchement imprévu et insurmontable...

— Oui, monsieur, c'est impossible, interrompit Grandjean, sans laisser le jeune homme achever sa phrase, et cela par l'excellente raison que le señor Joaquin commande aux événements. Ce qu'il dit, il le fait; ce qu'il promet, il le tient!...

L'accent du Canadien dénotait une conviction enthousiaste, et qui contrastait étrangement avec son flegme ordinaire.

— Soit, reste si tu veux, reprit le comte, moi, je pars.

— Vous avez tort, monsieur d'Ambron, dit froidement Grandjean, sans guide, vous vous égarerez, et votre impatience n'aura d'autre résultat que de retarder le moment de votre rencontre avec M. de Hallay.

Cette considération, la meilleure que l'aventurier pût faire valoir, arrêta court le mari d'Antonia : il frappa du pied le sol avec colère, et regagna, au prix d'une douleur, la place qu'il avait quittée.

— Jusqu'à quand attendrons-nous Joaquin? demanda-t-il.

— Toujours, seigneurie.

— Mais si la journée se passe sans qu'il se présente?

— Eh bien, nous bivouaquerons ici cette nuit, voilà tout.

— Et si demain il n'arrive pas?

— Alors nous camperons. Oh! soyez sans crainte, les environs sont giboyeux, nous n'aurons pas à souffrir de la faim.

En présence d'une opiniâtreté si tenace, si clairement formulée, et surtout dans l'impossibilité où il était de retrouver seul les traces de son ennemi, M. d'Ambron, quoi qu'il lui en coûtât, dut se soumettre. Une pensée secrète modérait toutefois son irritation; il se promettait, dès qu'il aurait atteint la troupe des aventuriers, de s'affranchir du concours par trop indépendant du Canadien, et de n'agir plus qu'à sa propre guise.

Un peu calmé par cette réflexion, il reprit la conversation.

— Grandjean, dit-il, ta conduite me présente un côté obscur que je ne puis parvenir à expliquer. Je te soupçonne de cacher, sous ta rude enveloppe et ton apparente brusquerie, une dissimulation profonde!

— Moi, dissimulé!... Vous vous trompez! je suis prudent, pas autre chose. Sur quoi fondez-vous, je vous prie, votre opinion?

— Sur ce que, depuis quinze jours que nous sommes partis du rancho de la Ventana, tu n'as pas encore trouvé un seul indice du passage des aventuriers de M. de Hallay. Cependant une troupe de deux cents hommes traversant le désert y met une empreinte humaine qu'un œil bien moins exercé que le tien doit facilement remarquer. Comment concilier ton extrême facilité à suivre la piste du señor Joaquin avec ton impuissance à rejoindre une armée?

— L'explication que j'ai à vous donner est fort simple, monsieur d'Ambron. Si je ne vous ai pas conduit sur le chemin du marquis, c'est que je n'en ai pas reçu l'ordre; autrement il y a longtemps déjà que nous l'aurions rattrapé. Le señor Joaquin m'a recommandé, au contraire, de ne pas m'écarter de la route qu'il suivrait lui-même. J'ai obéi. Maintenant, j'ajoute que j'approuve entièrement la prudence du Batteur d'Estrade, car une rencontre avec mon ancien maître nous aurait probablement été mortelle à vous et à moi!

— Et de quel droit le señor Joaquin dispose-t-il de ma volonté, surtout sans m'avoir consulté, dans la conduite d'une affaire qui me concerne personnellement, et à laquelle il n'a rien à voir? s'écria le comte avec une extrême vivacité.

— Cela ne me regarde pas, monsieur :...

Le jeune homme resta un moment silencieux; puis, changeant de ton :

— Ainsi, reprit-il d'une voix brève, tu connais la position de l'ennemi?

— La position exacte qu'il occupe? non; la direction qu'il suit? oui

— Comment sais-tu cela, puisque tu ne m'as pas quitté, et que moi je l'ignore?

— Parce que, tandis que vous rêvez tout éveillé, moi j'observe.

— Et qu'as-tu observé?

— Oh bien des choses qui, si je vous les racontais, vous sembleraient insignifiantes.

— Mais encore?

— J'ai vu tantôt, par exemple, passer un troupeau de daims et une compagnie de poules sauvages dont la course et le vol, opposés aux parages qu'ils affectionnent et qu'ils fréquentent, indiquaient un effroi prolongé que la présence de l'homme devait seule produire.

— Qui t'assure qu'un ours gris n'était pas l'auteur de cette panique?

— Les ours gris ne poursuivent pas, que je sache, le gibier ailé!...

— Mais des Indiens?

— La poudre est trop rare au désert, et les Indiens sont trop avares de la leur pour qu'ils la gaspillent à tirer sur des poules. Les animaux ne sont pas aussi dénués de bon sens que les savants des villes se l'imaginent. De même que nous, ils observent et ils réfléchissent. Or, les oiseaux savent fort bien qu'ils n'ont rien à redouter des Peaux-Rouges, aussi ne s'enfuient-ils pas à leur approche.

— Et quelle direction suivaient ces daims et ces poules sauvages?

— Celle du midi.

— Ainsi, c'est vers le nord que je dois me diriger?

— Décidément, monsieur d'Ambron, vous ne voulez donc pas attendre le señor Joaquin?

— Non!...

Le Canadien, qui était à moitié couché sur le côté droit, la joue appuyée sur son poing, et son coude sur la terre, s'étendit sur le dos, et plaçant ses deux mains, en guise d'oreiller, sous sa tête:

— L'on ne m'a pas donné l'ordre de vous retenir de force, dit-il avec flegme. Bon voyage, monsieur; laissez-moi ajouter, avec tout le respect que je vous dois, que vous faites une sottise. Il se peut que le señor Joaquin soit amoureux de votre femme, mais je suis convaincu qu'il vous porte une véritable amitié! Bien certainement, il vous aurait été utile!...

Le géant, les paupières à moitié fermées et ses grosses lèvres entr'ouvertes, se disposait à dormir, quand un souvenir importun se présenta à sa pensée.

— Si je n'avais pas d'abord enlevé cette pauvre Antonia de son rancho, se dit-il, elle ne serait pas à présent au pouvoir du marquis, et ce brave d'Ambron ne courrait pas à une mort à peu près certaine. Je suis donc la cause véritable et première du malheur qui va lui arriver. Ma foi, c'est bien le moins alors que j'aille seller son cheval.

Le Canadien, nous le répétons, avait, depuis son aventure avec le Batteur d'Estrade, considérablement gagné sous le rapport de la conscience et de la sensibilité.

Il se leva aussitôt, sans hésiter, quelque douce que lui fût la position horizontale qu'il venait de prendre; mais il aperçut le jeune homme déjà en selle.

M. d'Ambron lâchait la bride et donnait de l'éperon à sa monture, quand une voix singulièrement timbrée et qui avait quelque chose de métallique le fit tressaillir d'abord, puis peu après s'arrêter. Il avait reconnu la voix du Batteur d'Estrade.

XVII

LE PÈRE ET L'ÉPOUX.

Le Batteur d'Estrade se tenait appuyé, sombre et immobile, contre le socle informe et massif de l'idole. Son costume, d'une étoffe grossière et d'une coupe américaine, lui donnait de prime abord l'apparence d'un pionnier yankee. Il portait une carabine à deux coups; ses fortes chaussures n'avaient point d'éperons; une courte et épaisse lanière en cuir, qui lui servait de fouet ou de cravache, était attachée à son poignet droit par une espèce de dragonne.

M. d'Ambron, après une indécision due plutôt, sans doute, à la surprise qu'au raisonnement, avait mis pied à terre et s'était avancé lentement vers Joaquin Dick.

L'attitude sévère du Batteur d'Estrade et le peu d'empressement du jeune homme donnaient au début de cette réunion une froideur presque hostile.

Joaquin Dick avait, en quinze jours, vieilli de vingt ans.

Ses joues étaient caves, ses yeux enfoncés dans leur orbite, son dos était voûté et des cheveux gris remplaçaient sa chevelure naguère noire comme l'aile d'un corbeau.

L'étonnement de M. d'Ambron et de Grandjean amena un indéfinissable et fugitif sourire sur le visage de Joaquin.

— Vous me trouvez bien changé, n'est-ce pas? leur dit-il d'une voix dont la pénétrante mélancolie les fit tressaillir. Après m'avoir connu jadis dans tout l'éclat de ma force et de ma fierté, vous me voyez écrasé maintenant par la conscience de ma faiblesse. Hélas! c'est que l'orgueil de l'homme lui vient uniquement de son impunité! Quand la Providence commence le châtiment, les plus orgueilleux et les plus superbes tremblent devant sa justice. Le doigt de Dieu m'a marqué au front!...

Un silence de près d'une minute suivit ces quelques mots du Batteur d'Estrade; ni le comte ni le Canadien n'osaient l'interroger. Les grandes douleurs, quand elles sont noblement avouées et dignement supportées, inspirent toujours un respect involontaire. Joaquin reprit bientôt la parole, mais ce fut cette fois d'un ton bien différent, c'est-à-dire avec une brusquerie qui avait quelque chose de farouche.

— Comment se fait-il, Grandjean? s'écria-t-il, que lorsque je suis arrivé, M. d'Ambron partait seul? Espérais-tu reconnaître par ce lâche abandon la confiance que t'ai témoignée, racheter le crime que je t'ai remis? As-tu donc oublié qu'en quittant la Ventana je t'ai laissé aux ordres du comte?

— Mais, seigneurie!...

— Tais-toi, et retiens bien ce que je vais te dire. A partir de ce moment-ci, Grandjean, je te donne à M. d'Ambron! Tu es son esclave.. sa propriété!... S'il te demande d'attaquer, même sans aucun espoir de vaincre, attaqueras ! de fuir... tu fuiras !... de frapper, quand bien même je serais la victime désignée à ton bras, tu frapperas ; s'il te châtie, tu t'inclineras. En un mot, M. d'Ambron a sur toi droit de vie et de mort ! il est ton maître, et tu n'es pas son serviteur, mais son chien ! M'as-tu bien entendu, bien compris ?

— Oui, seigneurie !...

— As-tu quelque observation à me présenter ?

— Non, seigneurie ! répondit le géant après une courte hésitation.

— Tu obéiras ?

Cette fois, le Canadien resta silencieux.

Joaquin croisa ses bras et s'avança de quelques pas vers lui, tout en le regardant fixement.

— Tu obéiras, n'est-ce pas ? répéta-t-il en scandant ces mots avec une lenteur solennelle et menaçante.

Grandjean écrasa, en se mordant les lèvres jusqu'au sang, un formidable juron qui entr'ouvrait sa bouche, puis baissant la tête :

— J'obéirai, dit-il d'une voix sourde et à peu près inintelligible.

— Bon !... A présent, éloigne-toi. Nous avons, monsieur le comte et moi, à causer d'affaires.

La précipitation avec laquelle le géant se conforma à cet ordre indiquait combien il lui était agréable ; en effet, il avait hâte de se retrouver seul, afin de pouvoir donner un libre cours à sa colère ; la rage l'étouffait.

— Oh ! murmurait-il en se dirigeant vers la rivière Gila, tout cela ne me serait pas arrivé si je n'avais pas fait la connaissance de cette infernale miss Mary. Je consens à avoir la langue coupée si j'adresse jamais de ma vie la parole à une femme... à moins que ce ne soit à une femme de Villequier, et encore il faudra voir. Tout en étant de beaucoup supérieures aux autres, elles ne valent peut-être pas, non plus, grand'chose. Je le répète : il faudra voir.

Ce fut seulement lorsque le Canadien eut disparu dans le bois qui bordait la rivière que le Batteur d'Estrade engagea la conversation.

— Monsieur d'Ambron, dit-il, je ne saurais vous exprimer le bonheur que me cause votre rencontre. C'est le seul moment, non pas, hélas ! de joie, mais d'adoucissement à ma douleur, que j'aie éprouvé depuis quinze jours !

Tandis que Joaquin parlait, la pâleur déjà très-grande du jeune homme avait redoublé d'intensité, et, si ce n'eussent été ses yeux brillants et dont l'éclat augmentait à mesure que le sang se retirait de ses joues, on aurait pu croire qu'il allait perdre connaissance. Il se contenta de s'incliner très-légèrement sans répondre.

Le Batteur d'Estrade le contempla durant quelques secondes avec une attention pleine d'attendrissement ; puis, lui tendant la main :

— Comte, reprit-il, je ne m'explique pas votre froideur, mais je l'accepte comme l'une des mille expiations que doit m'imposer la Providence !

Le jeune homme continua de rester impassible. Seulement, sa respiration oppressée et le froncement de ses sourcils donnaient un complet démenti à la rigidité de sa contenance. Dick, avec un geste de découragement qu'il ne songea pas à cacher, laissa retomber son bras le long de son corps. Alors, soit que M. d'Ambron se sentît désarmé par la résignation de Joaquin, soit qu'il eût réfléchi que celui-ci lui apportait peut-être des nouvelles d'Antonia, il sortit de son mutisme.

— Señor, lui dit-il, l'espèce d'intimité qui a existé entre nous vous a permis d'étudier et de connaître mon caractère. Vous n'ignorez pas que j'ai la dissimulation en grand mépris. Je vais donc motiver cette froideur d'accueil dont vous vous plaignez. Je dois vous avertir, si par hasard la franchise de mes explications me vaut une provocation de votre part, que je ne l'accepterai pas. Je ne m'appartiens point à présent. Ce que je veux, c'est établir d'une façon catégorique et nette nos deux positions respectives.

— Je vous écoute, répondit le Batteur d'Estrade avec un sourire empreint d'une ineffable tendresse, parlez !

— Je conçois très-bien, señor, reprit le comte après une légère pause, que vous vous étonniez du changement que vous remarquez en moi. En Europe, vous m'avez fait grâce de la vie ; en Amérique, vous me l'avez conservée. Les faits sont en votre faveur, l'ingratitude semble être de mon côté. Le sentiment qui me pousse à renoncer à votre amitié et qui m'empêche d'accepter l'offre de votre concours, ne saurait être désigné par un mot, car il est fort complexe. Il tient tout à la fois de la jalousie, de l'orgueil et de la méfiance. Le désespoir par trop exagéré que vous a causé l'enlèvement de la comtesse ma femme ; la supériorité que, tacitement, vous vous attribuez sur moi ; enfin l'obscurité que vous avez laissé régner, lorsque vous avez bien voulu me raconter l'histoire de votre vie, sur la partie de votre existence qui s'est écoulée en Amérique, froissent ma dignité et inquiètent ma prudence. Votre alliance actuelle entraverait ma liberté d'action présente et pèserait sur mon avenir. Ce n'est pas en ce moment-ci au Batteur d'Estrade que je m'adresse, mais bien à l'homme supérieur par son intelligence, au grand d'Espagne illustre par son nom ! Je crois donc inutile de développer ou de préciser davantage ces observations, votre tact et votre sagacité éclairciront aisément certains points que j'ai jugé convenable de laisser dans une demi-obscurité. Vous indiquer une nuance, à vous, señor, c'est vous faire un aveu !

Tant que M. d'Ambron avait parlé, Joaquin Dick n'avait cessé de l'observer avec une ténacité singulière ; mais il y avait dans son regard une douceur pleine de tristesse et de bienveillance qui en atténuait la fixité.

— Comte, je tiens trop à votre amitié pour accepter les vagues raisons que vous venez de me donner. Laissez de côté, je vous en conjure, tous ces vains ménagements dont la puérilité contraste péniblement avec les splendeurs de la nature qui nous entoure. Nous ne sommes pas ici dans un salon d'Europe, mais bien sur les confins de l'Apacheria, la terre sauvage des cœurs indomptés. Parlez-moi en homme de cœur et de loyauté, clairement, rudement même, si vous le voulez ; mais ne vous abaissez pas à chercher ces mots neutres et ces phrases diplomatiques que la civilisation a dû inventer pour donner une issue de sûreté aux passions, dont l'explosion serait à craindre. Le désert est sans limites et n'a pas d'échos ! Au nom de votre honneur, non pas de gentilhomme, mais de créature humaine, je vous adjure, Luis, de me déclarer le motif véritable qui vous fait repousser mon dévouement et renier notre amitié ! De quoi m'accusez-vous ?

M. d'Ambron ne répondit pas tout d'abord; un nuage de pourpre teignait la pâleur de son front; un violent combat avait lieu dans son cœur! Enfin, faisant un effort sur lui-même :

— Joaquin, dit-il d'une voix grave et émue, votre exigence m'est pénible, mais je reconnais qu'elle est juste. Quelque fondés que puissent être mes soupçons, ils ne sauraient m'affranchir de la reconnaissance réelle que je vous dois.

— Au fait, Luis, au fait! De quoi m'accusez-vous?

Le jeune homme réunit tout son courage, car ses sentiments les plus intimes étaient cruellement froissés, et courbant malgré lui la tête devant le pénétrant regard de son hardi interlocuteur :

— Je vous accuse, señor Joaquin, dit-il lentement, d'aimer ma femme, madame la comtesse d'Ambron, et de nourrir des espérances qui, pour être déplacées et ridicules, n'en constituent pas moins, et pour elle et pour moi, une impardonnable injure.

— Ah! c'est d'aimer Antonia que vous m'accusez! s'écria Joaquin Dick avec un inexprimable élan d'indignation et de passion. Alors, Luis, vous ne connaissez pas toute l'étendue de mon crime!... J'aime Antonia, dites-vous! Que ce mot est donc froid, mon Dieu! pour rendre la tendresse qui déborde de mon âme ; car ce que j'éprouve pour Antonia n'a pas de nom dans la langue humaine!... Ce mot serait trop beau pour la terre, Dieu a dû le réserver pour le ciel!... Regardez-moi bien en face, Luis!... voyez mes cheveux... ils sont gris, n'est-ce pas? Hier ils étaient noirs encore!... Vous vous étonnez que peu d'heures aient suffi pour éteindre le soleil de l'été sous les glaces de l'hiver! Eh bien! ce n'est pas en un jour, c'est en une seule minute que ma chevelure a blanchi! Je suis arrivé à la vieillesse sans transition. Je n'ai pas eu d'automne! Et voulez-vous connaître maintenant, Luis, la cause de ma terrible métamorphose? c'est que, hier, le point de mire de ma carabine a menacé le cœur d'Antonia! Ah! ne m'interrompez pas!... ne m'interrompez pas!... Mon désespoir, si vous vouliez en arrêter le cours, monterait de mon cœur à mon cerveau et briserait ma raison!... Je ne veux point être fou... Antonia a besoin de moi!... Que vous disais-je donc? Ah! je vous racontais que j'ai été hier sur le point de tuer Antonia. Moi, tuer Antonia!... Oui! il s'agissait de sauver son honneur! mieux encore : de l'arracher à un long et épouvantable supplice, car je connais cette noble et chaste enfant. Une tache dans son passé changerait sa vie future en une continuelle et lente torture. Je devine les questions que vous allez m'adresser. Je vais tout vous dire.

Je suivais depuis trois jours la troupe des bandits du marquis de Hallay, lorsque hier, un peu avant la tombée de la nuit, je vis ce misérable entrer dans le chariot où Antonia est retenue prisonnière! Vous exprimer ce qui se passa alors en moi ne serait pas possible! Je suis à me demander comment j'eus le terrible courage de ne pas m'élancer au secours d'Antonia. Il me fallait, pour me retenir, la conviction que ma mort serait la perte de cette chère et adorable enfant. Une minute, qui me parut un siècle, s'écoula. Tout à coup un cri déchirant retentit jusqu'au plus profond de mon cœur, et ce cri était poussé par votre femme! Par un mouvement involontaire et plus prompt que la pensée, je me levai d'un bond, car j'étais couché derrière une touffe d'herbe, et j'armai ma carabine!... Je vis alors la tête d'Antonia apparaître à travers les barreaux du chariot; puis un peu en arrière et dans l'ombre, j'aperçus comme deux points lumineux qui brillaient d'un sinistre éclat... c'étaient les yeux du marquis!... Ce fût alors que j'épaulai mon arme!... Que Dieu me pardonne la pensée de l'action que, sans la retraite de Hallay, qui s'éloigna précipitamment, j'aurais commise! j'aurais tué la femme pour sauver l'ange! Pour la troisième fois, je vous le répète, ne m'interrompez pas! Vous vous étonnez et vous vous indignez que ma carabine soit restée muette en présence de ce misérable de Hallay? Oh! si vous saviez la force de volonté que j'ai dû déployer pour résister à la vertigineuse tentation de punir cet infâme, au lieu de me blâmer, vous me plaindriez. Réfléchissez donc que frapper mortellement le marquis, c'est livrer Antonia à la rage de deux cents abominables bandits. Ces gens-là croient que votre femme est instruite des mystérieuses cachettes où repose l'or qu'ils convoitent. S'ils étaient privés de leur chef, Antonia deviendrait leur unique espoir. A quelles extrémités ne se porteraient-ils pas pour contraindre la pauvre enfant à leur révéler son prétendu secret! Le marquis n'a donc rien à redouter, en ce moment-ci, de ma colère; sa protection, quelque pénible et odieuse que me soit cette pensée, est utile, indispensable à la sécurité d'Antonia. A présent que je vous ai appris, Luis, combien est désespérée la position de votre femme, repousserez-vous toujours l'offre de mon dévouement aveugle et sans bornes? A présent que vous savez quelle action j'ai été hier sur le point d'accomplir, direz-vous toujours que ma tendresse est un outrage pour la comtesse d'Ambron ?

Le Batteur d'Estrade se tut; une sueur froide perlait sur son front, si habitué et si insensible pourtant aux atteintes de la fatigue et aux ardeurs du soleil. Les angoisses d'une douleur morale avait dompté et abattu cette nerveuse et riche organisation, contre laquelle les excès et les souffrances physiques ne pouvaient rien.

Quant à M. d'Ambron, l'émotion que le récit du Batteur d'Estrade avait produite sur lui était si forte, qu'il resta pendant près de cinq minutes sans pouvoir prononcer une parole : il semblait frappé de paralysie.

— Oui, señor Joaquin, dit-il enfin, je refuse l'offre de votre dévouement, je n'accepte pas votre alliance. Oh! ne m'accusez pas d'un criminel orgueil. Dieu m'est témoin que, pour sauver Antonia, je ne sacrifierais pas, ce mot dénaturerait ma pensée, mais je donnerais ma vie avec une joie qui approcherait du délire. Mais rien, rien au monde ne saurait me faire enfreindre les règles de l'honneur. Le devoir n'est pas un mot qu'un honnête homme attache à son existence, de même qu'un parvenu accroche un écusson aux panneaux de sa voiture pour éblouir les niais! Le devoir, c'est l'âme de l'honnête homme... Un honnête homme ne vend pas son âme! Malgré moi, Joaquin, je suis attendri, presque reconnaissant de l'attachement que vous portez à Antonia; mais cette pitié est tout ce que je puis vous accorder!... Adieu, señor, nous ne devons plus, nous ne pouvons plus nous revoir!...

M. d'Ambron s'éloignait, lorsque Joaquin, s'élançant brusquement vers lui, le saisit par la main : au chaud et

A cent pas environ du Canadien, un homme armé d'une carabine à pierre, couché par terre à plat ventre et replié sur lui-même, ainsi qu'un tigre qui se dispose à prendre son élan, épiait d'un œil curieux ses moindres mouvements.

Quoique ce suspect personnage parût garder une immobilité complète, il avançait avec la sourde et nerveuse souplesse d'un reptile. Du reste, il n'aurait pas été possible, même à l'œil le plus exercé, de constater, sans l'aide d'un point de repère, les progrès de la marche rampante de cet inconnu. Les arbres et les buissons semblaient plutôt s'éloigner de lui que lui d'eux. Parvenu à une distance de cent pas du Canadien, il s'était arrêté et son corps avait pris aussitôt la rigidité d'un tronc d'arbre.

Après une attente de quelques minutes, l'homme à la carabine sortit de son inaction; il se mit sur ses genoux, leva lentement sa carabine, l'épaula gravement, sans que ses traits basanés offrissent la trace d'aucune émotion, et, visant Grandjean à la tête, il fit feu.

Le très-minime volume de fumée produit par le coup n'était pas encore dissipé, que déjà l'inconnu avait disparu de la place qu'il occupait.

Le Canadien n'avait pas été blessé; seulement son large chapeau de feutre, atteint par la balle, était tombé à ses pieds. A l'admirable sang-froid avec lequel le géant accueillit cette attaque peu loyale et si inattendue, il était incontestable qu'il était habitué, de longue date, à ces sortes d'aventures. Au lieu de se lever, ce qui aurait exposé son corps en plein aux coups de l'ennemi, il se glissa derrière l'arbre au pied duquel il était assis, et, armant son riffle, il se tint sur la défensive.

— Bah! ce n'est rien; il était vieux, dit-il en regardant son chapeau. Un morceau de toile cirée, une aiguillée de fil, et il n'y paraîtra plus!... Qui diable a pu me prendre ainsi pour cible?... Un Peau-Rouge?... Non; j'aurais déjà découvert sa piste! Un des hommes de Hallay?... Ce n'est pas probable... Tous ces coquins-là sont trop ignorants des choses du désert, pour admettre que l'un d'eux ait osé s'éloigner et s'aventurer seul loin de ses compagnons!... Et puis, en supposant que cela soit, quel intérêt aurait eu ce bandit à me tuer? Aucun. Mon costume ne décèle pas précisément l'opulence, et les rentiers ne choisissent guère les bords du rio Gila pour but de leurs promenades. N'importe! Quel qu'il soit, mon agresseur manque de pratique et d'adresse. On ne vise jamais quelqu'un à la tête quand on n'est pas certain de son coup. Pourtant je ne vois rien, je n'entends rien. Une retraite aussi savante indique une expérience qui se concilie difficilement avec ce coup de carabine idiot. By God! je ne comprends plus rien à tout ceci!

Grandjean se levait avec précaution pour tâcher d'agrandir son horizon, quand une assez forte pression exercée sur son épaule lui fit retourner brusquement la tête. Il poussa un cri rauque, laissa tomber son riffle, et plaçant instinctivement sa main devant ses yeux:

— Le sorcier de Senora! murmura-t-il d'une voix sourde. Je suis perdu!

Lennox, revêtu de son costume un peu théâtral, sa toque surmontée d'une plume noire d'aigle et sa carabine jetée en bandoulière, se tenait les bras croisés et le visage sérieux devant le Canadien.

— Pourquoi cet effroi? lui dit-il tranquillement en man-vais anglais. Qu'as-tu à craindre? Tu ne m'as jamais fait de mal... je ne suis pas ton ennemi...

Autant l'esprit de Grandjean était rebelle aux idées abstraites, autant il avait la perception nette, prompte et vive pour les choses d'action; aussi son étrange interlocuteur parlait encore que déjà il avait recouvré tout son sang-froid.

— Si cet homme était un sorcier, avait-il réfléchi, il ne m'aurait pas manqué. Non-seulement ce n'est pas un revenant, mais c'est même un très-médiocre *rifleman*. Alors regardant Lennox en face: Si vous n'êtes pas mon ennemi, lui dit-il, pourquoi donc avez-vous tiré sur moi?

— Je n'ai pas tiré sur toi.

— Ah! par exemple!...

— J'ai simplement visé ton chapeau.

— Mon chapeau? Et pourquoi?

— Parce qu'il me cachait ton visage que je voulais voir.

— Tiens! mais c'est très-ingénieux, cela! s'écria le géant avec une gravité approbatrice qui excluait toute idée de moquerie. C'est un moyen fort commode et fort prudent pour reconnaître sans danger quelqu'un. Si jamais l'occasion se présente de l'employer, je n'y manquerai pas. Eh bien! maintenant que vous savez qui je suis, avez-vous quelque chose à me demander?

— Oui!

— Quoi? de l'amadou, de la poudre ou des balles?

— Je désire savoir ce qu'est devenu ton maître?

— Le comte d'Ambron?

— Non, Joaquin Dick!

— Vous connaissez le Batteur d'Estrade? s'écria Grandjean d'un air surpris; au fait, c'est vrai, je me rappelle à présent que, lors de notre première rencontre, vous m'avez chargé d'une commission pour lui.

— Est-il mort ou vivant?

— Vivant, grâce à Dieu!

— Ah!

— Cela a l'air de vous surprendre?

— Oui, je le croyais mort...

— Qui a pu vous faire supposer une pareille chose?

Le Peau-Rouge européen, s'il est permis de parler ainsi, ne répondit pas à la question de Grandjean.

— Conduis-moi vers lui, dit-il.

— Volontiers... mais c'est inutile... il a dû entendre la détonation de votre carabine... il va arriver.

— Bien!

Lennox s'appuya contre un arbre, ferma ses yeux et parut dormir; le Canadien l'examina alors avec une attention et une curiosité extraordinaires; parmi tous les aventuriers qu'il avait connus, et le nombre en était grand, il n'en avait jamais rencontré aucun qui ressemblât à ce bizarre personnage.

Cette curiosité, motivée par l'individualité tranchée de l'inconnu, n'était pas exempte non plus d'une certaine frayeur; depuis que Lennox, en lui déclarant qu'il avait simplement visé son chapeau, s'était réhabilité à ses yeux comme tireur, le géant était revenu à sa première idée; il inclinait fortement à lui assigner une origine surnaturelle.

Aussi ne fut-il pas longtemps sans reprendre la parole; il avait hâte d'éclaircir ses soupçons.

— Serait-il bien indiscret, dit-il, de vous demander

comment il se fait que je vous rencontre seul ici, à plus de cent trente lieues de Guaymas?

— Les questions me plaisent rarement, mais quand on me les adresse pendant mon sommeil, elles me sont tout à fait insupportables!

— Vous dormiez dans ce moment-ci?

— Certes!

— Debout? et en parlant?

— Je ne me repose jamais autrement.

— *Indeed.*

Le Canadien, très-agité et très-ému, se mit à siffler entre ses dents une ronde normande; il ne conservait plus de doute; cet inconnu était bien un sorcier; toutefois il hasarda une nouvelle interrogation.

— Vous devez avoir un nom? dit-il.

L'homme à la carabine à pierre ouvrit les yeux; ses lèvres exprimaient un sourire de mépris.

— Les faces pâles sont tous curieux et bavards comme des femmes. Je me nomme Lennox... Maintenant, laisse-moi en paix!

Grandjean n'était certes pas affligé d'une organisation très-impressionnable, mais ce nom lui arracha un cri de surprise.

— Quoi! c'est vous qui êtes Lennox, le vrai Lennox?

— Il n'y a qu'un Lennox! répondit le sauvage Européen avec une orgueilleuse gravité. Puis il referma les yeux.

Écrasé par l'admiration et par la surprise, le Canadien gardait le silence. Quant à Lennox, quoiqu'il affectât une complète impassibilité, il jouissait délicieusement en lui-même de ce triomphe. L'amour-propre n'est point un produit de la civilisation, mais un sentiment essentiellement humain; aussi domine-t-il tout aussi bien dans le désert que dans les grandes villes; il diffère seulement dans sa manifestation et ses effets; au fond, il présente partout les mêmes exigences.

Ce fut d'une voix timide et d'un ton modeste, qui présentaient un contraste presque grotesque avec sa rude apparence, que le Canadien engagea de nouveau la conversation.

— Je conçois à présent que vous m'ayez tutoyé tout de suite, seigneur Lennox, dit-il. Il y a entre vous et moi une telle distance! Cependant, je ne compte pas parmi les plus mauvais tireurs de la Prairie, et il pourrait même se faire que mon nom fût parvenu jusqu'à vous.

— Quel est-il, ton nom?

— Grandjean!

— En effet! je te connais! tu es né au Canada?

— Justement, seigneurie.

— Oui, tu manies assez convenablement un rifle... je le sais... J'espère que je te verrai bientôt à l'œuvre.

— Ah! seigneurie, ce sera trop d'honneur pour moi, si vous daignez vous mêler à la partie.

— Je m'y mêlerai assurément! dit froidement Lennox.

Sans l'apparition de Joaquin Dick et de M. d'Ambron, qui arrivèrent en ce moment, il est probable que la conversation du célèbre sauvage Anglais et du rude et hardi aventurier aurait fini par ressembler à la première partie du dialogue de Vadius et de Trissotin! La vue de Lennox parut causer une joie extrême au Batteur d'Estrade; il s'avança vivement à sa rencontre, et lui prenant la main :

— Enfin, te voilà, ami! dit-il. Que tu as tardé à me rejoindre! N'as-tu point reçu les messages que je t'ai envoyés?

— Oui... puisque me voici!...

— Mais en retard!...

— Au contraire!...

— Comment cela, au contraire? N'y a-t-il point aujourd'hui plus de deux semaines que celui que l'on nomme de Hallay, l'homme qui, à San-Francisco, t'a frappé au visage, a quitté les plages de Guaymas?...

— Oui! Eh bien?...

— Eh bien! depuis deux semaines, tu aurais pu effacer dans son sang l'outrage qu'il t'a infligé.

Un léger tressaillement nerveux et à peine visible altéra, pendant l'espace de quelques secondes, la rigidité du visage de Lennox.

Ce tressaillement pouvait passer à la rigueur pour un sourire.

— Ne t'ai-je point dit jadis, Joaquin Dick, que cet homme mourrait deux fois par la souffrance? Pourquoi veux-tu que, par une précipitation insensée, je gâte ma vengeance? Ceux-là seuls ne savent pas attendre qui ne sont pas sûrs d'eux-mêmes... Moi, mes sentiments ne changent jamais. Laissons passer encore un mois, et alors...

— Un mois! interrompit le Batteur d'Estrade avec une précipitation qui décelait tout à la fois la fureur et l'effroi... un mois! mais le crime serait accompli!... Non... non, Lennox, ce n'est pas dans un mois; c'est demain, c'est aujourd'hui, c'est dans une heure qu'il faut attaquer ces bandits! Si tu me refuses ton appui, j'agirai seul!

Cette fois Lennox eut un véritable sourire; il se pencha vers Joaquin, et baissant la voix de manière que ni le comte ni le Canadien ne pussent saisir même le son de ses paroles :

— Je ne te reconnais pas, Dick, murmura-t-il, tu es redevenu une face pâle...

— Comment cela?

— Tu trembles pour ton or!

— Mon or! Il est bien question de mon or! s'écria Joaquin avec violence. Que m'importent quelques poignées de pépites? C'est de mon sang, de ma vie, du salut de mon âme qu'il s'agit, c'est de ma raison. Encore quinze jours d'angoisses pareilles à celles que je viens de subir, et je serai fou, si je ne suis pas mort.

— Alors il s'est passé quelque chose dont je n'ai pas eu connaissance? dit Lennox avec son flegme monotone. Je te trouve en effet bien vieilli, Joaquin.

— La blancheur de mes cheveux t'étonne, Lennox; que serait-ce donc si tu voyais la blessure saignante de mon cœur?... Écoute-moi, Lennox... écoute-moi avec attention. Je souffre trop, j'ai besoin de me plaindre, de crier...

— Est-ce que tu vas parler devant ces gens-là? demanda le vieux trappeur toujours du même ton et en désignant par un même geste le comte et le Canadien. Que ne les renvoies-tu, si tu as une confidence à me faire?

— Monsieur d'Ambron et Grandjean me sont dévoués, Lennox!

— Tu crois? C'est bon.

— Ce pauvre Joaquin n'est plus du tout lui-même, pensa Lennox. Jadis il n'aurait pas admis la possibilité qu'un homme pût avoir deux amis sérieux. Oui! décidément, il est redevenu face pâle !... C'est dommage !... Enfin, qu'il me raconte ce qu'il voudra, rien ne me fera changer de résolution : je n'attaquerai pas M. de Hallay avant un mois !

XIX

UN HEUREUX AUGURE.

Le Batteur d'Estrade se disposait à prendre la parole, lorsque Lennox l'arrêta du geste.

— J'ai d'abord une explication à te demander, Joaquin, lui dit-il : Pourquoi donc ton cheval Gabilan, que j'ai rencontré tout à l'heure à une demi-lieue d'ici, avait-il l'air si affligé? La tristesse de cette brave bête m'a fait supposer que tu avais été victime d'un accident ou d'un combat.

— Gabilan n'est point triste, cher Lennox, il est seulement jaloux ; il ne peut oublier qu'il y a quinze jours il m'a vu monté sur un autre cheval que j'avais pris, en son absence, au rancho de la Ventana, pour me jeter à la poursuite de de Hallay. Mais quel intérêt peux-tu apporter au plus ou moins de gaieté ou de tristesse de Gabilan ?

— J'ai toujours eu beaucoup d'amitié pour Gabilan ! répondit très-sérieusement Lennox. A présent que me voilà rassuré sur son compte, parle aussi longtemps que tu voudras, je t'écouterai sans t'interrompre !

Grandjean, à la sollicitude montrée par le vieux trappeur pour le cheval de Joaquin, lui avait lancé un regard qui exprimait tout à la fois l'approbation et le respect ; puis il avait murmuré entre ses dents :

— Ce Lennox a un grand cœur. Il mériterait d'être né à Villequier.

Joaquin s'empressa d'obéir à l'invitation de son singulier ami, et reprenant vivement la parole :

— Lennox, dit-il, les moments sont précieux, je vais droit au fait. Ce même de Hallay, qui t'a infligé une si sanglante injure, s'est depuis lors rendu coupable d'un crime abominable : il a enlevé, au mépris des lois les plus sacrées de l'hospitalité, une jeune femme qu'il retient prisonnière, et qu'il force de l'accompagner dans son aventureuse expédition. L'intérêt, que dis-je! l'amitié sans bornes que je porte à cette pauvre victime est telle, que ma vie est attachée à la sienne. Si elle meurt, je la suivrai. Mon langage te surprend, Lennox ; tu dois cependant savoir mieux que personne que j'ai un cœur, car je t'ai toujours montré une inaltérable et sincère affection. Je continue : Ma première pensée, ai-je besoin de te le dire ? a été de punir de Hallay. Vingt fois depuis quinze jours j'ai levé contre lui ma carabine ; mais chaque fois la violence de ma haine a été contenue par l'affreuse certitude que la mort de ce misérable, loin de sauver son infortunée prisonnière, n'aurait d'autre résultat que de doubler l'horreur et le danger de sa position. Le marquis a su persuader aux hommes qu'il commande que cette femme connaît l'existence et le gisement des trésors qu'ils espèrent conquérir. Tu conçois

qu'une fois leur chef mort, ces bandits, affranchis de l'espèce de discipline qu'il a su leur imposer, ne reculeraient devant aucune extrémité pour mener à bonne fin leur expédition, déjà si compromise. Pour arracher à cette infortunée jeune femme le prétendu secret qu'elle est censée posséder, ils n'hésiteraient pas à la soumettre aux plus cruelles, aux plus atroces tortures ! Oh ! rien qu'à cette pensée, je sens mon cerveau prêt à éclater... je deviens fou de désespoir !... Lennox, ce n'est pas au nom de notre amitié, déjà vieille de quinze ans, que je m'adresse à toi... l'amitié est un sentiment qui, tout en restant un besoin pour le cœur de l'homme, change parfois d'objet... non !... c'est à ta justice seule que je fais un appel... La justice est immuable ! C'est ton amour pour elle, c'est ta haine de toute oppression, qui t'ont fait préférer à la vie douce et facile de l'Européen la rude et pénible existence du sauvage. Renier aujourd'hui ton passé, renoncer à la noble mission que tu t'es imposée, ce serait changer en crimes les fières et hardies actions qui ont illustré ta longue carrière ! Le nom de Lennox ne signifierait plus dans le désert : « L'homme juste et terrible ; » il voudrait dire : « La bête fauve altérée de sang ! »

La véhémence contenue et passionnée avec laquelle Joaquin Dick s'était exprimé, les sanglots comprimés et intérieurs qui brisaient sa voix, tout en lui donnant une poignante euphonie, laissèrent Lennox froid et impassible.

— Ami, lui dit-il tranquillement, je n'accepte ni tes reproches, ni tes louanges. Tu parles trop ! De mission, je n'en ai pas ; j'obéis simplement à mes instincts. Si je prends volontiers parti pour le faible contre le fort, c'est que j'aime surtout à parcourir le sentier de la guerre quand il est hérissé de dangers. Venir à bout d'obstacles qui semblent insurmontables, me cause des joies extrêmes. Je ne suis ni une bête fauve altérée de sang humain, ni un juge à la piste des crimes à punir : je suis tout simplement la meilleure carabine et le plus infatigable marcheur du désert. Cela me suffit. Quant à la haine que je porte en général à la race blanche, elle me suivra jusqu'au tombeau ; car cette race, par l'injuste envahissement de nos solitudes, menace mon plaisir le plus vif et ma passion la plus forte : mon goût pour la chasse, mon amour pour la liberté! Aussi, autant de fois qu'apparaîtra une troupe de faces pâles dans le désert, verra-t-on le vieux Lennox accourir le premier pour la combattre...

— Eh bien ! alors, interrompit Joaquin avec une sourde irritation, tout est pour le mieux, et notre discussion devient inutile! Ce que tu as refusé à la justice et à l'amitié, tu l'accorderas à la haine! Demain, dès le point du jour, nous attaquerons le campement de l'ennemi.

— Non, Joaquin, ni demain, ni dans une semaine! Pas avant un mois.

— Ah ! et pourquoi?

La façon brève et nerveuse avec laquelle le Batteur d'Estrade accentua cette exclamation et cette interrogation, sentait la menace.

Lennox parut ne pas s'apercevoir de ce changement de ton.

— Tu me demandes pourquoi, Joaquin? Pour beaucoup de raisons.

— Voyons ces raisons?

A son tour, le vieux trappeur sembla éprouver un commencement d'impatience; toutefois, il répondit gravement à la question de son interlocuteur.

— Aujourd'hui, ces faces pâles sont fournis de poudre et de vivres. Dans un mois, c'est-à-dire à l'époque des pluies et des neiges, à la saison des fièvres, non-seulement ils auront consommé depuis longtemps déjà toutes leurs provisions de bouche, et largement entamé leurs provisions de guerre, mais ils seront en outre tellement décimés et affaiblis par les maladies et si incapables de se défendre, que mes frères les Peaux-Rouges n'auront plus qu'à cueillir paisiblement leurs chevelures. Pourquoi donc irais-je, par une impatience indigne d'un homme de sens, changer en une défaite possible, ou du moins en une victoire coûteuse et pénible, un succès certain? Pour sauver cette fille à la face pâle que de Hallay emmène avec lui? Ce serait de la démence.

— Tu te trompes, Lennox, il ne s'agit plus pour toi de sauver cette jeune fille, il s'agit de sauver ta vengeance!

— Je ne te comprends pas!

— Oh! tu vas comprendre! L'outrage si ignominieux que tu as reçu et dont ton visage porte encore la marque, a dû te causer bien des nuits de cruelle insomnie, bien des jours de désespoir et de rage... Oh! ne prétends pas le contraire... je te connais, moi, tu ne me tromperas pas! Vingt fois, cent fois, mille fois, tu as réfléchi au genre de tortures que tu infligeras à de Hallay. Tu as tressailli de joie à l'idée de sa terrible agonie, tu as cru entendre ses cris, ses gémissements; tu as accueilli ses humbles prières par un implacable regard de dédain et de mépris. Eh bien! ami Lennox, voilà qu'il te va falloir abandonner tous ces beaux projets, repousser loin de toi ces rêves si flatteurs! Ton ennemi ne gémira pas... ne criera pas... ne t'implorera pas... car sa mort sera exempte de toute agonie... Il tombera frappé par la foudre!... Ah! c'est en vain que tu affectes l'indifférence! Je t'ai atteint dans tes plus chères et tes plus secrètes espérances!... Ne t'imagine pas que je veuille t'effrayer. Je t'estime trop, mon vieil ami Lennox, pour employer vis-à-vis de toi des moyens aussi mesquins, aussi vulgaires! Quand deux adversaires tels que nous se combattent, il ne leur est pas permis, sous peine de ridicule, de se blesser légèrement; il faut que l'un tue l'autre! Aussi doivent-ils avant d'en venir aux mains se découvrir d'abord mutuellement la poitrine! Je ne te dissimulerai donc pas mes intentions; je suis résolu à délivrer prochainement, par n'importe quel moyen que ce soit, l'infortunée jeune femme que de Hallay retient prisonnière! Tu entends bien ce que je te dis, ami Lennox, par n'importe quel moyen!... j'ajouterai, pour plus de clarté encore, même par la mort de cette pauvre victime! Toutefois, avant d'en arriver à la suprême extrémité, de frapper l'innocence pour la sauver du déshonneur, je punirai, j'atteindrai le coupable! Qui sait si la chute de de Hallay ne produira pas, dans les rangs de ses bandits, une impression et une terreur momentanées dont il me sera permis de tirer un heureux parti? Mais ceci ne t'intéresse ni te regarde. L'essentiel, c'est que tu sois bien persuadé que ton refus de m'aider dans les terribles et solennelles circonstances actuelles, te retire et te fait perdre tout espoir de vengeance.

Tant que le Batteur d'Estrade avait parlé, le vieux trappeur l'avait écouté en silence et sans déceler par aucun signe extérieur les sentiments qu'il ressentait. Lorsque Joaquin se tut, un presque imperceptible froncement des épais sourcils du sauvage Européen creusa davantage les rides de son front.

Ce tressaillement nerveux, à peine perceptible et que personne, certes, n'aurait remarqué, n'échappa pas à la sagacité du père d'Antonia. Il déposa par terre sa carabine à deux coups, et, se croisant les bras par un geste empreint tout à la fois de dignité et de tristesse :

— Monsieur d'Ambron, dit-il en anglais, et toi, Grandjean, éloignez-vous, je vous prie!... Il ne m'est permis ni d'oublier ni de méconnaître les immenses services que Lennox m'a rendus jadis!... Utiliser contre lui votre concours ce serait de ma part plus que de la lâcheté, ce serait de l'ingratitude! Éloignez-vous donc, je vous le répète, et souvenez-vous, si je succombe, que vous n'aurez pas à venger ma mort!... Au contraire!... Mon souhait le plus vif, le plus ardent, est que vous unissiez vos efforts à ceux de Lennox contre M. de Hallay!...

Ces paroles, auxquelles ni le comte ni le Canadien, ne s'attendaient nullement, leur causèrent une émotion profonde. Ils regardèrent le vieux trappeur.

Lennox, semblable à une statue de bronze, ne donnait signe de vie; son immobilité constituait, à n'en pouvoir douter, un acquiescement complet à ce que venait de dire Joaquin Dick. Néanmoins, après une hésitation de quelques secondes, il rompit de sa voix lente et voilée le lourd silence qui avait suivi la réponse du Batteur d'Estrade.

— Joaquin, tu as lu clairement dans mon cœur... ce que tu ignores, c'est que bien souvent déjà le désir de me mesurer avec toi a tourmenté ma pensée! Ce n'est pas que je te déteste; non!... Loin de là!... Ta loyauté à toute épreuve et ta rare intrépidité me plaisent!... Tu es le seul homme en qui j'ai eu une aveugle et entière confiance!... Ce qui m'irritait, c'était l'incertitude de savoir lequel de nous deux était supérieur à l'autre!... Mon souhait va se trouver accompli tout à l'heure. A présent que je t'ai fait cet aveu, je te déclare que je n'aurais jamais cédé à la tentation de mesurer mes forces contre les tiennes, si tu n'avais pas, le premier, brisé notre vieille amitié. Je ne me plains pas de ton agression. Non, certes; mais conviens au moins que les enfants du désert ont raison de ne pas ajouter foi à l'affection des faces pâles. Le souvenir d'une alliance intime de quinze années s'efface aisément de l'esprit d'un Européen, dès qu'il est question pour lui de l'amour d'une femme. Mais il ne s'agit pas du passé. Revenons au présent. Nous avons à fixer les conditions de notre combat.

— Je me mets complétement à tes ordres, Lennox.

— J'ai eu, tu le sais, Joaquin, bien des rencontres dans ma vie! J'ai même accepté parfois ces stupides luttes, réglées à l'avance, que vous appelez duels, et qui ne permettent à l'homme supérieur de déployer qu'une partie de ses qualités et de ses ressources! Si tu le veux, nous annulerons autant que possible le hasard, afin de laisser à celui de nous deux qui survivra le droit de se vanter, sans mentir, de son triomphe. La carabine est, entre nos mains, une arme infaillible... nous serions certains, en l'employant, de nous tuer tous les deux! Nous surprendre? Nous n'y parviendrions pas! La nature t'a doué, quoique face pâle, de merveilleux instincts. Pour toi, comme pour moi, le désert n'a ni retraites inaccessibles, ni solitudes ignorées, ni mystères impénétrables! Le mieux, si tu y consens, c'est que nous nous servions seulement de nos couteaux. Dans un quart d'heure, tu me retrouveras devant le monstre de pierre. J'arriverai du côté du nord; toi, tu t'avanceras par le sud. Est-ce convenu?

— Oui.

— A revoir donc, Joaquin! mais avant de nous séparer, donnons-nous une dernière fois la main.

La façon distraite et indifférente avec laquelle le Batteur d'Estrade se rendit au désir de Lennox, prouvait le peu de prix qu'il attachait en ce moment à l'affection et à l'opinion du vieux trappeur! Pour lui, Lennox n'était pas l'ennemi qu'il allait combattre; c'était simplement un obstacle qu'il devait détruire. La pensée seule de sa fille, d'Antonia, absorbait toutes ses facultés.

— Lennox, dit-il, tout en conservant machinalement la main du trappeur dans la sienne, je ne puis te laisser partir sans protester auparavant contre une grossière erreur que tu viens de commettre, car cette erreur, si le sort des armes se déclare en ta faveur, rendrait ma mémoire à jamais odieuse aux deux êtres que j'aime et que j'estime le plus au monde! C'est à toi que je m'adresse, Lennox, mais c'est seulement pour M. d'Ambron que je parle! Tu t'es trompé du tout au tout, en rejetant sur le compte de l'amour l'immense intérêt que m'inspire la position de la prisonnière du marquis de Hallay. Le sentiment que je ressens pour cette infortunée jeune femme est dénué de toute arrière-pensée terrestre... il vient directement du ciel!... Mon unique désir, mon seul rêve, est de rendre cette femme à la tendresse de son époux!... Pour la savoir heureuse, même loin de moi, je verserais tout mon sang goutte à goutte, et mon dernier soupir porterait à Dieu l'expression de ma reconnaissance. Vois-tu, Lennox, en dehors de la vie brutale, des passions bornées, des agitations stériles du désert, il est un monde que, dans ta présomptueuse ignorance de sauvage, tu juges et tu condamnes sans le connaître!... C'est le monde moral!... Je ne serais même aucunement surpris que ce mot fût encore pour toi vide de sens!... Mais lorsque la vieillesse, qui, jusqu'à présent, semble n'avoir pu mordre sur ton corps de fer, aura fini par vaincre ta vigoureuse et phénoménale organisation; lorsque ton rifle, devenu muet, ne sera plus dans tes mains débiles qu'un inoffensif bâton qui t'aidera à soutenir ta marche chancelante, alors il est probable, Lennox, que la conscience de ta faiblesse te fera comprendre, ce que tu ne soupçonnes pas aujourd'hui, que Dieu a donné à l'homme le dévouement pour le distinguer des animaux, à qui il n'a accordé qu'une reconnaissance intéressée et limitée. Maintenant, Lennox, que je me suis justifié, non à tes yeux, mais à ceux de M. d'Ambron, partons. Mon temps est précieux, j'ai hâte de t'écarter de mon chemin.

— C'est-à-dire, Joaquin, de me tuer?

— Soit! de te tuer!

Un orgueilleux sourire anima les lèvres du trappeur.

— J'aurais cru que tu avais une meilleure opinion de moi! dit-il; ainsi tu ne doutes pas de ta prochaine victoire?

— Non, je n'en doute pas!...

Le dédaigneux sourire de Lennox cessa d'être sincère

dans son expression, l'imperturbable confiance de son adversaire avait blessé au vif son inflexible amour-propre. Un instant il parut vouloir s'éloigner; mais la pensée qu'il avait été impunément bravé devant le Canadien et le comte le retint, il ne pouvait se résigner à l'idée d'avoir le désavantage dans le dialogue, dût-il même prendre bientôt sa revanche dans l'action.

— Je m'aperçois, Joaquin, reprit-il, que je me suis, pendant bien des années, totalement trompé sur ton compte, en te prêtant une franchise que tu n'as pas. En effet, tous les Européens sont des menteurs. J'ai eu tort d'admettre une exception en ta faveur, il n'en existe pas.

Le vieux trappeur fit une légère pause, puis il continua avec une animation et un feu complétement étrangers à ses façons d'être habituelles:

— Joaquin, je n'attache, certes, aucune importance à tes vanteries, mais je suis curieux de savoir sur quelles bases tu appuies ton opinion?... Les outrages des faces pâles sont agréables à mes oreilles, car ils augmentent la haine que leur porte mon cœur... ainsi, selon toi, ma main est moins ferme que la tienne... mon coup d'œil moins sûr que le tien!... En un mot, tu es la panthère, et je suis le renard!... Tu es le vaillant, et je suis le lâche.

— Non, Lennox, répondit le Batteur d'Estrade avec une patience et une douceur qui prenaient leur source dans ses souvenirs du passé et dans sa confiance de l'avenir; non, Lennox, tu ne m'es inférieur ni en force, ni en adresse, ni en courage. Si notre rencontre avait lieu dans des circonstances ordinaires, l'égalité entre nous deux serait complète; mais aujourd'hui, Lennox, tu dois mourir et tu mourras, parce que nos intentions sont différentes... parce que je me bats, moi, au nom de la justice, et toi au nom de la vengeance!... Tu mourras, Lennox, parce que ton triomphe ne ferait qu'aggraver la punition d'un coupable, et que le mien doit sauver un ange à qui Dieu a permis de descendre sur la terre, un ange que tes frères les Peaux-Rouges appellent *la fille de la Vierge*, et que mon cœur nomme mon enfant bien-aimée, mon Antonia. Allons, partons! partons!

Malgré l'empire absolu qu'il s'était habitué à exercer sur lui-même, et qui, dans les circonstances les plus graves de sa vie, ne lui faisait jamais défaut, le vieux trappeur, en entendant ces dernières paroles, avait tressailli.

— Quel nom viens-tu de prononcer, Joaquin? s'écria-t-il d'une voix émue. A quel propos as-tu cité le nom de la fille de la Vierge? Quel rapport y a-t-il entre Antonia et cette jeune face pâle que de Hallay traîne prisonnière à sa suite?

— Cette prisonnière et Antonia ne font qu'une seule et même personne!

Lennox laissa échapper un cri de surprise.

— Tu es bien sûr de cela, Joaquin?

— Hélas! oui!...

— C'est bien d'Antonia qui habite le rancho de la Ventana, que tu parles?...

— Oui, c'est bien d'Antonia qui habitait, il y a quinze jours encore, le rancho de la Ventana... répéta Joaquin en regardant le vieux trappeur avec une attention extrême.

Lennox, la tête penchée sur sa poitrine, l'air grave et recueilli, le regard tout à la fois fixe et vague, resta pendant quelques secondes silencieux; enfin, sortant tout à coup de

Il s'était arrêté et son corps avait pris aussitot la rigidité d'un tronc d'arbre. (Page 35.)

son immobilité et paraissant s'arracher avec peine à ses méditations, il s'avança d'un pas vers Joaquin, et lui tendant la main par un geste qui ne manquait pas d'une certaine grandeur :

— Ami, lui dit-il, tu avais raison... Si nous avions mesuré nos couteaux tu m'aurais tué... mais maintenant nous ne nous battrons plus, car la mort de l'un de nous deux priverait la fille de la Vierge d'un utile et dévoué défenseur; et Antonia, dans sa position désespérée, a besoin des bras et des cœurs de tous les gens qui l'aiment!...

L'action, les paroles et le ton du vieux trappeur avaient frappé Joaquin et le comte d'un si profond étonnement, que ni l'un ni l'autre ne prirent tout d'abord la parole; ce fut Grandjean qui se chargea de demander des explications à Lennox.

— Vous connaissez donc Antonia, seigneurie? dit-il en s'inclinant devant lui.

— Je lui dois la vie.

— A Antonia?

— Oui.

— Comment cela?

— Que t'importe!...

Le géant salua de nouveau le trappeur et n'insista pas; depuis qu'il ne craignait plus Lennox comme sorcier, il l'admirait comme héros !

— Comte, ayons bon espoir, s'écria Joaquin, radieux. A présent que je nie le hasard, je vois dans le changement de Lennox le doigt de Dieu, et j'augure bien de ce miracle pour la réussite de nos projets futurs. Lennox, cet homme est le mari d'Antonia... c'est le plus noble cœur qui ait jamais battu sous une poitrine rouge ou blanche. Aime-le comme tu m'aimais jadis, comme tu m'aimes encore.

Le trappeur avait repris sa contenance glaciale; il considéra longtemps gravement le comte d'Ambron, puis de sa voix monotone :

— Je ne suis pas injuste, lui dit-il, je reconnais qu'il y a parfois, par hasard, des faces pâles qui ont du cœur!... Tu me plais... tu peux compter sur moi. Allons, asseyons-nous, et commençons le conseil de guerre. Ainsi que le remarquait naguère Joaquin, les moments sont précieux ! Approche-toi aussi, ajouta Lennox en se retournant vers Grandjean, qui se tenait modestement et respectueusement à l'écart. Une bonne carabine peut donner un bon conseil !

Ne me faites pas trop souffrir... Adieu!

Le Canadien, rougissant d'orgueil et de joie, s'empressa d'obéir.

— By God! pensait-il en prenant place à côté du Batteur d'Estrade, que la vie est donc une drôle de chose! Qui diable s'imaginerait que les quatre personnages les plus remarquables de tout le désert mettent en ce moment en commun leur expérience, leur courage, leur dévouement, et sont sur le point de risquer gratis leur existence? Pourquoi? pour faire rendre quelques jours plus tôt à son mari une petite femme qui a été enlevée par un amoureux!... Franchement, c'est bête!... Bah! c'est moi, au contraire, qui suis un sot!... Cette femme n'a-t-elle pas une âme?

XX

LE CONSEIL DE GUERRE.

Le Batteur d'Estrade ouvrit le premier la discussion. Il s'exprima en anglais, langue native de Lennox et de Grand-jean, et que le comte d'Ambron comprenait et parlait également bien.

— Avant de combiner un plan et de nous arrêter à un parti définitif, dit-il, il est indispensable que nous sachions, Lennox, quelles sont les forces dont tu disposes. L'arrivée dans le désert de la troupe de M. de Hallay n'a pu te trouver désarmé, puisque tu connaissais longtemps à l'avance les intentions et les projets de cet homme!... Combien de guerriers ont répondu à ton appel?

— Cinquante.

— Quoi! pas davantage? Tu n'as donc pas fait circuler la flèche rouge parmi toutes les tribus amies pour les convoquer à la bataille?

— J'ai porté la flèche moi-même, Joaquin, et partout où je me suis présenté j'ai entonné mon chant de guerre. Mais, la plupart du temps, ma voix est restée sans écho... Que veux-tu! les Peaux-Rouges, quoique très-supérieurs aux Européens, ne sont pas exempts non plus de défauts!... Leur cœur connaît l'envie... ma supériorité les blesse : ils sont jaloux de moi!

— Et ces cinquante guerriers que tu es parvenu à réunir, où sont-ils?

— Ainsi que font les panthères pour les troupeaux, ils suivent l'ennemi pas à pas, dans l'ombre, profitant de ses imprudences et s'enrichissant de ses dépouilles. Plus d'un dormeur isolé, plus d'une sentinelle avancée, plus d'un retardataire paresseux est déjà devenu la proie de mes enfants! Oh! je t'assure, Joaquin, que si nous n'étions pas pressés par les circonstances, si nous avions du temps devant nous, ces cinquante hommes nous suffiraient pour anéantir l'armée entière de de Hallay.

— Oui, mais nous n'avons pas le temps.

— Et c'est réellement dommage, car il n'existe pas pour le brave expérimenté une distraction plus agréable que celle d'avoir à détruire, avec une poignée de guerriers, un ennemi qui lui est dix fois supérieur par le nombre. Je n'approuve pas, moi, ces grandes boucheries humaines où le sang coule à flots. Il me semble que j'assiste à un monstrueux repas, où les convives se gorgent outre mesure de viande sans songer à leur nourriture du lendemain. L'excès qui amène la privation est une sottise. Aussi, pour éviter l'inaction et l'ennui, ai-je toujours eu soin de ménager mes ennemis; de cette façon, ma carabine reste rarement oisive.

— Enfin, quelle est ton opinion, Lennox?

— Mon opinion, Joaquin, est que tu partes à l'instant même pour aller chercher des renforts. Rien ne te sera plus facile que de réunir en peu de jours un nombre considérable de combattants, car ton pouvoir dans le désert est presque sans bornes. J'ignore quels sont les moyens que tu emploies; ce qui est certain, c'est que pas une tribu indienne n'oserait discuter tes ordres.

— Et vous, monsieur d'Ambron, reprit le Batteur d'Estrade en se retournant vers le comte, quel est votre avis?

Un triste sourire glissa sur les lèvres décolorées du jeune homme.

— A quoi bon une pareille question, Joaquin? dit-il, vous savez à l'avance quelle sera ma réponse.

— Moi, oui, c'est possible, mais Lennox l'ignore. Parlez!

— Ma conviction est que Dieu protége souvent les grandes témérités et les change parfois en miracles, quand elles ont pour unique mobile le triomphe de la justice et la punition des coupables! Je suis intimement persuadé que cinquante Indiens, robustes, agiles et déterminés, qui se jetteraient à l'improviste sur les bandits du marquis, parviendraient à délivrer Antonia! J'ajoute que si mon projet n'est pas pris en considération, je suis décidé à en courir personnellement la chance!...

Le Batteur d'Estrade s'adressa alors au Canadien :

— Et toi, Grandjean, que penses-tu?

— Moi, monsieur! dame! je n'ose le dire.

— Pourquoi cela?

— Parce que mon opinion n'est conforme ni à celle du seigneur Lennox, ni à celle du comte mon maître. Le respect me ferme la bouche.

— Parle! lui dit M. d'Ambron.

Le Canadien, au lieu d'obéir tout de suite, consulta Lennox du regard : le vieux trappeur répondit à cette muette et respectueuse interrogation par un signe affirmatif de tête.

— Eh bien! reprit Grandjean, je crois que le seul parti sage et sensé que nous ayons à suivre est celui de la retraite. Nous sommes à la veille de la saison des pluies et des froids : le gibier va devenir rare; les chemins, envahis par la neige, seront bientôt impraticables; qui sait si dans un mois le retour nous sera encore possible. Ah! permettez, monsieur d'Ambron, voici que vos yeux lancent la flamme et que vous allez vous mettre en colère... Vous auriez tort. N'est-ce pas vous-même qui m'avez ordonné de m'expliquer? Je ne tenais nullement à prendre part à votre discussion. Qu'est-ce que cela ma rapporte?... pas un dollar! Voulez-vous maintenant que je me taise?... Soit! je ne demande pas mieux.

— Continue, Grandjean, interrompit Joaquin Dick. Il te reste à nous apprendre quel est, selon toi, le moyen le plus efficace, si toutefois tu en entrevois un, pour délivrer la comtesse.

— Certes, seigneurie, je l'entrevois, ce moyen!... Seulement il est si simple, si peu ingénieux, que vous ne daignerez même pas le discuter!... Vous me traiterez d'idiot.

— Qu'importe!... dis toujours!...

— Au fait, cela importe peu! Seulement, permettez-moi, je vous en supplie, de procéder à ma guise. Une minute ou deux de perdues ne changeront en rien la position des choses, et donneront bien plus de clarté à mon raisonnement!

— Explique-toi comme tu voudras!

— J'ai beaucoup réfléchi, depuis quinze jours, seigneurie, aux événements qui se sont passés au rancho de la Ventana, et j'en suis arrivé à la conviction inébranlable que M. de Hallay n'a pas enlevé dona Antonia par amour, mais simplement par cupidité.

— Par cupidité? Qu'entends-tu par ce mot?

— J'entends par ce mot, señor Joaquin, ce qu'il signifie. Cupidité veut dire pour moi, comme pour tout le monde, amour de l'argent : pas autre chose.

Joaquin tressaillit, et un éclair brilla dans ses yeux. Une idée subite venait, ainsi qu'un choc électrique, de faire vibrer son cerveau.

— Très-bien! continue, dit-il froidement. Fais-nous connaître le motif ou la cause de ta conviction.

— Le bon sens ne me permet pas d'admettre que M. de Hallay ait été assez fou pour s'embarrasser, sans une puissante raison, de dona Antonia pendant la durée de sa longue expédition. Il n'ignorait pas que l'enlèvement de cette enfant devait, non-seulement lui valoir des ennuis sans nombre, mais encore lui susciter de puissants ennemis! L'amour est certes capable, j'en conviens, de conduire les esprits faibles à de déplorables et ridicules résolutions, mais mon ancien maître, M. de Hallay, est, soyez-en convaincu, une forte tête! S'il a emmené dona Antonia avec lui, s'il la retient toujours prisonnière, c'est qu'il espère retirer d'elle une énorme rançon. Ah! permettez, monsieur d'Ambron; si vous m'interrompez, au lieu de deux minutes, ce sera une demi-heure que je vous ferai perdre. Du reste, je n'ai plus que quelques mots à ajouter. A présent, je suppose que M. de Hallay ait cédé à un entraînement de l'amour. Il n'ignore pas, en admettant que son accès ne soit pas encore tout à fait passé, qu'un jour ou l'autre il faudra bien qu'il finisse par se séparer de dona Antonia. Comment croire qu'avec une telle certitude il serait assez insensé pour retenir sa prisonnière si on lui offrait une bonne somme d'arëent? Je sens, moi, que, si j'avais le malheur d'aimer une femme, je n'hésiterais pas à m'en défaire pour dix piastres. Mon opinion est donc qu'avant d'engager une lutte dans laquelle nous n'aurons assurément par le dessus, car notre infériorité numérique est trop marquée, l'on tâche d'entrer en arrangement avec l'ennemi.

Il avait fallu que M. d'Ambron déployât toute sa force de caractère et se rappelât sans cesse quel homme était Grandjean, pour ne pas laisser éclater toute son indignation.

A peine le géant eut-il cessé de parler, que le comte interpella le Batteur d'Estrade.

— Terminons-en promptement, Joaquin, s'écria-t-il. Il ne nous reste plus qu'à connaître votre opinion. De grâce, ne me faites pas languir; j'ai hâte de passer du discours à l'action. Etes-vous d'avis d'attaquer tout de suite, ainsi que je le propose, ou bien d'attendre des renforts, ainsi que le conseille Lennox?

Joaquin Dick eut un singulier et profond sourire, qui rendit pour un instant la sérénité et comme un reflet de jeunesse à son visage flétri et ravagé par la douleur.

— Comte, dit-il lentement, Lennox a consulté sa prudence; vous, vous avez parlé avec votre cœur; mais Grandjean seul nous a fait entendre le langage de la raison. Je me range donc entièrement à son avis et je vais me rendre sur l'heure auprès de M. le marquis de Hallay.

Un assez long silence suivit cette réponse. M. d'Ambron, en proie à un étonnement extrême, se demandait si les paroles qui bourdonnaient encore à ses oreilles étaient bien réellement sorties des lèvres de Joaquin Dick, ou s'il n'était pas plutôt lui-même sous l'empire d'une hallucination; il doutait du témoignage de ses sens.

Le vieux chasseur, ses yeux fixés sur le Batteur d'Estrade, le front soucieux, l'air plus solennellement rogue que jamais, réfléchissait profondément. Quant au Canadien, il n'était pas le moins du monde surpris de la preuve de pénétration qu'il achevait de donner; il avait si bien étudié le cœur humain depuis deux semaines!

Joaquin Dick, après s'être levé, allait partir sans entrer dans aucune autre explication, lorsque Lennox, se plaçant devant lui :

— Où vas-tu ainsi? lui demanda-t-il en lui barrant le passage.

— Je te l'ai déjà dit, trouver le marquis de Hallay.

— Non, Joaquin, tu n'iras pas!

— Qui m'en empêchera?

— Ta loyauté...

— Ma loyauté!... Comment cela?

— Oh! n'affecte pas cet air surpris, tu sais parfaitement bien ce que je veux dire.

— Non!

La spontanéité et le ton de franchise de cette négation parurent diminuer la méfiance de Lennox, mais non pas la dissiper entièrement.

— Joaquin, reprit-il, lorsque le nom d'Antonia, que tu as prononcé tout à l'heure par hasard, nous a fait rengaîner nos couteaux et, au lieu d'en venir aux mains, souscrire une mutuelle alliance, j'ai compris que si je te sacrifiais mes intentions, toi, de ton côté, tu t'engageais à me laisser ma vengeance!...

— Tu as bien compris!

— Alors, pourquoi veux-tu te rendre auprès de de Hallay?...

— Mais, je te le répète, pour traiter de la rançon d'Antonia.

— Et si, comme je n'en doute pas, il te refuse?

— Ce sera tant pis pour lui.

— Tu le tueras? tu vois!

— Pas du tout! je m'éloignerai sans rien tenter contre sa personne.

— Tu me le jures, Joaquin?

— Je te le jure!

— Mais, en ce cas, votre démarche est aussi inutile pour Antonia que dangereuse pour vous, señor! s'écria M. d'Ambron.

— Pourquoi donc, comte?

— Parce que vous savez parfaitement que M. de Hallay, quelque déchu qu'il soit, n'est pas encore tombé assez bas pour accepter un si honteux marché!... Il y a dans sa dégradation la fougue et l'énergie qui font les assassins, et non pas la lâcheté qui fait l'ignoble et vil coquin!...

Joaquin sourit, comme il souriait jadis lorsque son cœur, ulcéré par la prétendue trahison de Carmen, était si hostile à la nature humaine, si peu croyant à la vertu!

— Cher comte, dit-il, avant de prétendre que le de Hallay repoussera ma proposition, vous auriez dû vous informer d'abord du taux de la rançon que je dois lui offrir! Les chiffres ennoblissent singulièrement certaines transactions!... Rappelez-vous le mot naïf et profond de la reine Anne d'Autriche!... « Vous m'en direz tant! » Certes, le don de quelques dollars isolés constitue une insulte, mais l'hommage de beaucoup de dollars réunis et qui s'appellent alors million, c'est différent! Les périphrases pompeuses abondent pour motiver et honorer ces grands mouvements de capitaux!... Le de Hallay a de vives passions et une haute intelligence. Il acceptera...

Cette explication, qui aurait dû combler de joie le jeune homme, puisqu'elle présentait pour Antonia une sérieuse chance de succès dans un avenir très-prochain, avait amené, au contraire, un nuage sur son front. Il se disposait à répondre, lorsque Joaquin, lui prenant les mains et baissant la voix :

— Cruel enfant, lui dit-il, qui ne veut pas que le salut d'un ange serve de réhabilitation à un cœur coupable et repentant! Ce n'est pas de la magnanimité, Luis, c'est de l'orgueil!

Il y avait tout à la fois dans la parole du Batteur d'Estrade une si touchante et imposante expression de reproche, de tendresse et d'autorité, que M. d'Ambron se sentit attendri et subjugué. Il lui serra longuement la main.

— Joaquin, lui répondit-il, vous êtes grand dans tout ce que vous faites, grand dans le vice comme dans la vertu. J'accepte. Merci.

— Au revoir! s'écria le Batteur d'Estrade, en s'adressant tant au comte qu'à Lennox et au Canadien. Vous aurez bientôt, demain sans doute, des nouvelles de la pauvre prisonnière. Lennox, ne perds pas une minute pour amener tes Peaux-Rouges; Grandjean, n'oublie point que j'ai donné à M. d'Ambron droit de vie et de mort sur toi. Vous, comte, tâchez de bien dormir ce soir; car vous êtes faible encore, et il est probable que d'ici à longtemps vous n'aurez plus une nuit entière de repos!

— Où retrouverons-nous votre seigneurie? demanda Grandjean.

— Ne vous inquiétez pas de moi. Vous me reverrez lorsque le moment d'agir sera venu. En attendant, suivez avec prudence la piste des bandits. Au revoir.

Le Batteur d'Estrade ramassa sa carabine, qu'il avait déposée à terre, la jeta en bandoulière derrière son épaule droite, et s'enfonça dans l'intérieur du bois. Après un quart d'heure d'une marche aussi aisée et rapide que s'il eût parcouru une plaine, Joaquin s'arrêta et se mit à écouter avec attention. Bientôt un doux sourire, à peine ébauché, glissa sur ses lèvres.

— Brave ami! murmura-t-il; il m'attend toujours!...

Le Batteur d'Estrade modula alors un sifflement tout particulier, dont les notes ténues et prolongées devaient, quoiqu'elles ne fussent pas éclatantes, s'entendre de fort loin.

Presque aussitôt, la tête fine et nerveuse du cheval Gabilan apparut, méfiante et soupçonneuse, au-dessus d'un épais buisson.

Le noble animal, à la vue de son maître, poussa un hennissement contenu, mais joyeux, et s'élançant vers lui, le rejoignit en quelques bonds.

Joaquin passa sa main droite dans l'épaisse crinière de Gabilan, puis de la gauche il se mit à lui caresser le garot.

Gabilan, quoique évidemment flatté de cette marque de tendresse, paraissait inquiet; le cou recourbé par un mouvement de cygne, il flairait de ses naseaux élastiques et mobiles l'épaule de son maître.

— Il se passe en toi quelque chose d'extraordinaire, mon bon Gabilan; tu as l'esprit tout agité, lui dit Joaquin, absolument du même ton qu'il aurait pris en parlant à une personne. Ah! je devine! Fi! le vilain jaloux, qui s'imagine que je lui ai donné un remplaçant! Non, Gabilan, je n'ai point revu Tordo; tu es toujours mon seul, mon unique, mon préféré compagnon de combats et d'aventures.

Au tressaillement nerveux qui agita les flancs noirs, lustrés et polis comme du marbre de l'admirable bête, on eût été tenté de croire qu'elle comprenait et admettait la justification de son maître. Cette scène bizarre, qui reliait par une mystérieuse et sympathique affinité deux organisations placées à des échelons si différents dans l'ordre de la création, l'homme et la brute, formait un petit tableau de genre d'une sauvagerie pleine d'élégance et de fraîcheur. Joaquin détacha d'abord la bride, qu'avant de laisser errer son cheval dans le bois il avait roulée autour de son cou, afin de lui laisser une plus grande liberté de mouvements et ne pas l'exposer à être retenu prisonnier par les lianes; il plaça ensuite sur le dos de Gabilan une espèce de manteau-couverture imperméable et de couleur sombre, puis s'élançant enfin sur cette selle improvisée, il prit la direction de la rivière Gila.

Dix minutes plus tard, Gabilan, averti par une double et presque insensible pression des genoux de son maître, sautait vaillamment de la berge dans l'eau, et, nageant avec une force et une aisance incroyables, ne tardait pas à prendre pied sur la rive opposée.

Il était alors environ cinq heures; le jour décroissait avec cette rapidité qui, dans l'Apacheria, annule pour ainsi dire le crépuscule. L'endroit où Joaquin et Gabilan avaient abordé était une plaine crevassée de fondrières et bosselée de monticules irréguliers. De nombreux et gros blocs de pierres granitiques, aux formes étranges, s'étendaient à une distance considérable. Vus de loin à travers le crépuscule, ils ressemblaient à une légion de monstres fantastiques chargés de la garde des frontières indiennes.

Le Batteur d'Estrade fit gravir à sa monture une éminence assez élevée, puis il s'arrêta. Il apercevait brûler, à deux milles dans le lointain, et s'accroissant de seconde en seconde, une grande quantité de feux isolés et tremblants. Ces feux éclairaient le campement de la troupe du marquis. Joaquin étudia longtemps et avec soin la façon dont ils étaient disposés.

— Il y a parmi ce ramassis de bandits des gens habitués à la vie nomade et aux aventures du désert, murmura-t-il après son examen; ce campement irréprochable ne saurait être l'effet d'un heureux hasard. Combien de sentinelles?... Huit... Je passerai!... et d'hommes de garde pour les soutenir en cas de besoin?... Une vingtaine... Ce ne serait pas assez pour soutenir une attaque sérieuse!

Le Batteur d'Estrade redescendit dans la plaine, mit pied à terre, et sifflant doucement son cheval qui se mit à le suivre avec l'intelligente docilité d'un chien de chasse, il s'avança dans la direction du campement.

Après avoir franchi une distance de plus d'un mille, il fit une nouvelle pause : il se trouvait alors au milieu d'un colossal amas de roches.

— Attends-moi ici sans bouger, Gabilan, dit-il à demi-voix.

Le cheval, entendant la voix de son maître, avait baissé les oreilles et allongé le cou, comme s'il eût craint de perdre un seul mot de ce qu'on allait lui dire.

Joaquin Dick sangla la ceinture de cuir qui lui serrait la taille, se recueillit un instant, et appuyant fortement ses deux mains sur son cœur pour en comprimer les battements désordonnés :

— O mon Dieu! murmura-t-il, prenez en pitié les souffrances sans nom que j'ai endurées depuis quinze jours, et permettez que je revoie encore une fois mon enfant!

XXI

L'ÉPERVIER ET LA COLOMBE.

Si le comte d'Ambron avait pu être instruit d'une entrevue qui avait eu lieu le jour même dans le camp des bandits entre le marquis de Hallay et Antonia, il est certain qu'il n'aurait pas laissé Joaquin Dick partir seul : de gré ou de force, il l'aurait accompagné dans sa scabreuse et périlleuse excursion.

Mais avant de rapporter ce qui s'était passé entre le bourreau et la victime, quelques lignes de description sont d'abord indispensables.

La halte est le moment le plus bruyant de la journée. (Page 45.)

La marche d'une troupe d'aventuriers à travers les solitudes indiennes, présente l'un des spectacles les plus pittoresques et les plus intéressants qu'il soit possible d'imaginer. L'allure indépendante et capricieuse de ces hardis nomades qui n'observent la discipline qu'autant qu'ils la reconnaissent indispensable à la sécurité commune, la faiblesse des moyens matériels dont ils disposent, les alertes qui, vingt fois par jour, font battre tous les cœurs et armer tous les rifles, enfin les difficultés parfois inouïes qu'offre le parcours de la route, et qui ne tardent pas à disparaître comme par enchantement devant les efforts opiniâtres d'une brutale énergie, fournissent à chaque instant des épisodes imprévus et animés qu'une plume ne saurait reproduire, et qui seraient dignes du pinceau de Decamp ou du crayon si poétiquement réaliste de Bida.

L'expédition préparée à San-Francisco par M. de Hallay était, sans contredit, la plus sérieuse et la plus importante qui, de mémoire d'homme, eût été dirigée vers et contre l'Apacheria.

Vingt mules de charge pour transporter les munitions de guerre et les bagages, dix énormes chariots, semblables à des forteresses ambulantes et traînés chacun par une vingtaine de bœufs, donnaient un développement inusité à la longue colonne d'aventuriers qui couvrait une étendue de près d'un mille. Toutefois, il suffisait d'un simple coup d'œil pour s'apercevoir qu'une savante organisation reliait entre elles toutes ces forces qui semblaient disséminées, et qu'un signal, parti du centre, pouvait pourtant rallier en quelques minutes. Ce jour-là et à la même heure que Joaquin Dick arrivait devant l'idole aztèque et empêchait M. d'Ambron de s'éloigner tout seul, M. de Hallay avait ordonné la halte. Pour les pionniers qui parcourent les déserts Américains ou Mexicains, la halte est le moment le plus bruyant, le plus animé et le plus intéressant de la journée. Chaque homme, tout en concourant à l'œuvre générale du campement qui doit assurer pendant la nuit et jusqu'à l'heure du départ du lendemain la sécurité de l'expédition, remplit, en outre, la tâche personnelle qui lui a été assignée à l'avance.

Les uns abattent des arbres ou fauchent de l'herbe sèche pour alimenter les feux nocturnes du bivouac; les autres dépouillent le gibier qui servira au repas; ceux-ci déchargent et étrillent les mules; ceux-là, et ce sont ordinairement les plus vieux et expérimentés pionniers à qui incombe ce soin, placent les chariots de façon à couvrir le camp et à le garantir contre toute surprise.

Les chariots, disposés en forme de croix de Saint-André, et réunis entre eux par des chaînes, permettent de repousser par trois feux croisés toute agression ou toute attaque qui serait tentée du dehors. Ces sortes de fortifications mobiles et improvisées présenteraient un sérieux obstacle à l'élan discipliné des meilleures troupes européennes. Pour les Peaux-Rouges, ils sont inexpugnables!

Après avoir passé une rapide inspection et s'être assuré que tout était en ordre, M. de Hallay était descendu de cheval devant une tente d'assez confortable apparence, qui avait été dressée à son intention; mais après une courte hésitation, au lieu d'entrer, il avait poursuivi sa route et s'était dirigé vers les chariots. Au point central des lourds véhicules, on avait ménagé une place d'une longueur d'environ trente pieds sur une largeur de quinze. Une petite tente en fort coutil, rendue imperméable par une préparation de caoutchouc, occupait la moitié de cet espace. Ce fut devant la porte de cette tente que M. de Hallay s'arrêta.

Après une nouvelle hésitation plus prolongée que la première, il parut prendre un parti, et par un geste dont la brusquerie prouvait qu'il craignait le retour de ses irrésolutions, et qu'il voulait, ainsi que Fernand Cortez brûlant ses vaisseaux, se couper toute retraite, il écarta la draperie qui fermait l'entrée et franchit le seuil de la tente.

L'ameublement du fragile abri n'était rien moins que luxueux; il se composait d'une petite table en acajou non poli, de deux chaises en jonc avec un dossier arrondi, et d'une étroite couchette en fer. Sur une chaise était assise Antonia: son coude droit appuyé sur la table, et son front incliné reposant dans la paume de sa jolie main, la jeune femme avait une immobilité de statue; l'arrivée du marquis ne lui fit pas relever la tête. Quant à M. de Hallay, la pâleur cadavérique de ses joues, l'éclat de son regard, la mobilité irrégulière de son front et, par-dessus tout, certains tressaillements saccadés et nerveux qui soulevaient sa large et puissante poitrine, donnaient un irrécusable démenti à l'air libre et dégagé qu'il avait affecté de prendre, en se présentant devant sa victime.

— Antonia, dit-il après une minute d'attente et avec une douceur étudiée, et qui ressemblait au calme qui précède l'orage, croyez-moi, ne vous obstinez pas dans votre dédaigneux silence. La conscience de ma force me rend clément pour la haine, mais impitoyable pour le mépris! Vous jouez à un jeu dangereux, chère enfant!

Le marquis espéra en vain une réponse: la jeune femme ne bougea pas.

— Antonia! Antonia! reprit-il avec une violence sourde et contenue, mais déjà prête à éclater, au nom de votre bonheur, au nom de ma tranquillité future, sauvez-moi de ma propre colère!... l'explosion en serait, pour nous deux, fatale et irrémédiable... Oh! ne vous imaginez pas, enfant, que je veuille vous effrayer... Ce ne sont point là des menaces que je vous adresse, ce sont plutôt des prières... Je vous demande grâce et pour vous et pour moi! Vous vous taisez encore, toujours!... Oui, je comprends, dans une de ces crises nerveuses si communes aux femmes, crises qui proviennent de leur faiblesse et qu'elles acceptent comme la révélation d'une force ou d'une énergie qu'elles ne se savaient

pas, vous avez fait le sacrifice de votre vie! Peu à peu, cette pensée de mort a fini par exalter votre orgueil jusqu'au délire! Maintenant, vous en êtes presque à chercher un prétexte pour la mettre à exécution. Eh! mon Dieu! Antonia! sachez-le bien, votre mort ne désarmerait ni n'annulerait ma vengeance. Au lieu de la disséminer, elle la concentrerait. Voilà tout. La chute de votre corps me découvrirait la poitrine de M. d'Ambron.

L'effet que ces dernières paroles produisirent sur l'infortunée jeune femme ne saurait se rendre. Le soubresaut qui redressa son corps charmant, le cri qui partit de son cœur, la joie qui illumina son adorable visage, manquent de nom dans la langue humaine. M. de Hallay fut tout à la fois effrayé et ébloui.

— Oh! merci, mon Dieu! murmura-t-elle en levant au ciel ses mains jointes avec une ferveur passionnée et ses yeux humides de douces larmes. Oh! merci, mon Dieu! Luis n'est pas mort! Mes pressentiments ne m'avaient pas trompée... je suis toujours la *fille de la Vierge!*

Il y avait dans la manifestation de cette joie sans limites quelque chose de si idéal, de si céleste, que M. de Hallay en fut, malgré lui, comme ému, cette joie donnait à Antonia une rayonnante et sublime beauté.

La voix du marquis retira bientôt la jeune femme de son extase.

— Maintenant, Antonia, que vous voici rassurée, du moins quant au présent, daignerez-vous enfin m'accorder quelques minutes d'attention? lui demanda-t-il.

La comtesse, rappelée par cette question au sentiment de la réalité présente, laissa tomber sur son terrible interlocuteur un regard qui exprimait bien plus d'étonnement que d'indignation ou d'effroi.

— Ah! c'est vous, monsieur! dit-elle. Que me voulez-vous? parlez!...

Mais tout à coup, changeant de ton et de visage:

— Ne me trompez-vous point! ajouta-t-elle avec une anxieuse vivacité. Est-il bien vrai que M. d'Ambron, mon maître, mon mari, soit rétabli de ses blessures?... Oh! oui, oui... vous m'avez dit la vérité... je vous crois, car l'heureuse nouvelle que vous venez de m'apprendre ne vous est pas favorable. Naguère, lorsque je voyais en vous un meurtrier impuni, vous me faisiez horreur. A présent, que je sais M. d'Ambron vivant, vous ne m'inspirez plus que pitié! Je prierai Luis de vous pardonner votre crime.

Les yeux du marquis s'injectèrent de sang, et deux points rouges parurent sur les pommettes de ses joues; mais domptant bientôt sa rage et modérant l'éclat de sa voix:

— Antonia, dit-il froidement, vous venez de me permettre de parler, et de me promettre que vous m'écouteriez. Prêtez-moi toute votre attention!... Cet entretien, que je saurais renouveler sans éveiller les soupçons de mes gens, et sans compromettre auprès d'eux ma véracité et par suite mon autorité, doit peser d'un grand poids dans nos deux destinées... M'écoutez-vous, Antonia?

La jeune femme ne répondit pas, et le marquis dut répéter sa question.

— Soit, parlez, je vous écoute, murmura-t-elle avec une indifférence pleine de distraction, et qui prouvait que son esprit n'était plus à ce que lui disait son interlocuteur.

M. de Hallay se recueillit pendant une minute, puis il reprit :

— Antonia, je dois avant tout vous déclarer que si je n'ai pas su résister à la tentation de vous garder auprès de moi, lorsqu'un hasard inattendu vous a mise en ma puissance, du moins suis-je complétement étranger à la pensée et à l'exécution de votre enlèvement. Le simple bon sens vous suffira pour reconnaître cette vérité. Si j'avais eu l'intention de vous arracher à votre monotone et fade existence de la Ventana, je n'aurais pas eu recours à la ruse. J'avais pour moi la force ; j'aurais agi publiquement. Les demi-mesures et les petites hypocrisies sont antipathiques à mon caractère. C'est donc simplement, uniquement à la glorieuse passion que vous aviez inspirée au seigneur Joaquin Dick, que vous devez attribuer votre présence ici !... Le seul tort que vous ayez à me reprocher, c'est de vous avoir arrachée des mains de ce mystérieux vagabond. Or, je doute que votre haine s'égare jusqu'à cette injustice ! Maintenant que le passé est éclairci, j'arrive au présent. M'écoutez-vous, mistriss Antonia ?

— Oui, monsieur, il le faut bien.

Les fougueuses passions qui agitaient son cœur obligèrent le marquis à faire une légère pause ; il avait besoin, pour ne pas trop effrayer sa victime, de mettre un peu d'ordre dans sa violence, si l'on peut s'exprimer ainsi.

— Antonia, reprit-il, ce qui me reste à vous apprendre va apporter, je le sais, une triste lumière à votre esprit, une grande douleur à votre âme. Mon rôle auprès de vous ressemble à celui du chirurgien qui torture un blessé pour lui sauver la vie. La douleur que je vais vous infliger, quelque poignante qu'elle vous paraisse sur le moment, doit finir par vous être salutaire ! Appelez donc à vous toutes vos forces, tout votre courage !

Si ce préambule menaçant n'alarma pas Antonia, — sa position n'était-elle pas aussi affreuse que possible ? — du moins eut-il pour résultat de l'arracher momentanément à ses chères pensées. Assurée que M. d'Ambron était vivant, elle cessa de songer uniquement à lui pour se préparer à repousser l'attaque que lui annonçaient les préparations oratoires du marquis.

— Ma confiance en Dieu est sans bornes, señor, dit-elle, et cette confiance me manquât-elle, qu'il me resterait encore la force que l'on puise toujours dans un glorieux martyre. Souffrir pour mon amour, c'est être presque heureuse. N'essayez point de vous jouer de ma crédulité, vous ne réussiriez pas. Il se passe actuellement en moi un phénomène bizarre, et que je ne sais trop comment vous expliquer. Il me semble entendre, lorsque vous me parlez, deux voix distinctes et différentes, et qui prononcent en même temps deux phrases opposées. L'une de ces voix frappe mon oreille, l'autre mon cœur !... Celle qui s'adresse à mon oreille est mielleuse ; celle que surprend mon cœur est empoisonnée !... Mais vous ne sauriez me comprendre, et je dois vous paraître insensée !... Quel est ce nouveau malheur que vous avez à m'apprendre ? Parlez, señor !... parlez !...

Cette permission que de Hallay avait si vainement sollicitée depuis quinze jours, et qu'Antonia lui accordait alors sans se faire prier, parut lui causer plus d'embarras que de joie. S'il lui eût été possible de s'éloigner sans avouer, par cette retraite inopportune, ses mauvaises intentions, il aurait délivré sur-le-champ sa victime de sa présence.

— Antonia, répondit-il, le premier amour d'une jeune femme commence presque toujours par l'aveuglement et se termine invariablement par la désillusion ! C'est la vérité que je vous apporte !... Si l'éclat de sa lumière, trop vive pour vos yeux affaiblis par l'habitude des ténèbres, vous éblouit et vous blesse tout d'abord, ne vous récriez pas, mais attendez !... Toute guérison se paye par une douleur !... Antonia, je vais droit au but : M. d'Ambron ne vous aime pas, ne vous a jamais aimée.

La jeune femme tressaillit, et, croisant par un geste d'effroi et d'égarement ses deux mains sur sa poitrine :

— Luis ne m'aime pas !... Luis ne m'a jamais aimée ! répéta-t-elle machinalement et avec stupeur. Oh ! taisez-vous ! taisez-vous, señor ! un si odieux mensonge vous porterait malheur !

Mais presque aussitôt le sourire d'une foi sublime fit resplendir l'adorable visage de la jeune femme.

— Folle que je suis ! murmura-t-elle, comment ai-je pu me laisser prendre un seul instant à une aussi grossière imposture !... Luis me dirait lui-même qu'il ne m'a jamais aimée que je ne le croirais pas !

— Je m'attendais à cette indignation, Antonia ; mais laissez-moi poursuivre. Il est un sentiment que vous ne connaissez pas encore, pauvre enfant, un sentiment dont le germe se trouve en vous comme dans toute créature, mais que l'existence que vous avez menée jusqu'à ce jour a laissé engourdi dans votre cœur ; ce sentiment, que chacun dissimule soigneusement sous le nom d'une qualité ou d'une vertu, s'appelle l'amour-propre !

L'amour-propre, Antonia, est à la fois stupide et féroce ! Il est le moteur ou le conseiller de la plupart des folies et des malheurs qui attristent et affligent l'humanité. Par exemple, que, dans une heure d'égarement et de faiblesse, un homme illustre par sa position ou sa grande fortune retire de la fange, pour l'élever jusqu'à lui, une misérable femme, indigne sous tous les rapports de cet inespéré bonheur, qu'arrive-t-il ? Ceci : qu'aussitôt, les hommes les plus spirituels, les plus distingués, les plus charmants, recherchent, adulent, adorent cette misérable qui, lorsqu'elle était la veille encore confondue dans la foule, les eût vus se détourner d'elle avec un dégoût hautain. Oh ! ce n'est pas que cette femme leur plaise. Non ; mais il est si flatteur, si honorable d'être le rival préféré d'un homme illustre ! Le gueux, l'imbécile et le lâche qui trompent le millionnaire, l'homme de génie ou le brave, se croient supérieurs à Jacques Cœur, à Molière, à Turenne ! Mais je vous cite là, Antonia, des noms qui sont pour vous sans signification. Je reviens donc à ce qui vous concerne. Ce que vous appelez l'amour, et ce que je nommerai, moi, le caprice de M. d'Ambron, a pris naissance dans une circonstance à peu près semblable. La seule différence, cette fois, existait dans la femme, car je reconnais, mieux encore, je proclame qu'il n'y a pas au monde entier une jeune fille plus digne que vous, Antonia, d'inspirer une admiration et une passion sans bornes ! Le hasard, qui nous avait réunis, M. d'Ambron et moi, à la même table, voulut que votre nom fût prononcé devant les convives. Le comte, votre prétendu mari, parla d'abord de vous avec une parfaite indifférence ; mais bientôt, excité par les louanges sans restriction que je vous donnai, il commença à changer de langage et finit par se poser comme mon rival ! La pensée d'avoir l'avantage sur moi souriait singulièrement à son amour-propre. Enfin, exalté par la présence des convives, il me proposa de parier une certaine somme d'argent, qu'avant deux mois vous seriez sa maîtresse : confiant dans votre vertu, et ne supposant pas M. d'Ambron capable de descendre jusqu'à une criminelle et lâche imposture, j'acceptai. Vous le voyez, Antonia, vous avez le droit de me haïr ; car je suis la cause indirecte, il est vrai, mais trop réelle, hélas ! de votre chute et de votre déshonneur !

M. de Hallay s'arrêta ; le coup était porté, il voulait juger de l'effet qu'il avait produit.

Antonia s'était levée : ses bras chastement et énergiquement croisés sur sa poitrine, sa tête légèrement rejetée en arrière, ses grands beaux yeux animés d'un feu sombre, et, par-dessus tout, le magnifique sourire de souverain mépris qui abaissait à leurs extrémités ses lèvres si finement et si admirablement modelées, formaient un ensemble d'une fière majesté castillane : la fille du grand d'Espagne ne mentait pas à son sang.

— Monsieur de Hallay, dit-elle, avec une écrasante et froide dignité, vos calomnies, débitées, il y a trois mois, à la ranchera Antonia, l'auraient fait rougir de honte et pleurer de désespoir ; adressées aujourd'hui à la comtesse d'Ambron, elles restent des calomnies inutiles, et mettent, sans profit pour vous, une tache de plus sur votre nom ! Monsieur de Hallay, j'ai tenu ma promesse... J'ai écouté vos explications !... Maintenant, je désire être seule !...

Le geste par lequel Antonia désigna au marquis la portière de la tente était empreint d'une si injurieuse hauteur, que le jeune homme, de pâle qu'il était, devint livide.

Sa fureur était si excessive qu'il resta, durant l'espace d'une minute, incapable d'articuler une seule parole ; mais il n'obéit pas.

Enfin, reprenant sinon son sang-froid, au moins l'usage de ses facultés :

— Vous, comtesse d'Ambron, pauvre Antonia s'écria-t-il avec un éclat de rire forcé et aigu qui ressemblait au grincement d'un ressort d'acier ; hélas ! chère enfant, quelle erreur est la vôtre ! Vous n'êtes pas plus comtesse que ne l'a été cette excellente et douce miss Mary, que M. d'Ambron a aimée avant vous ! Vous, comtesse d'Ambron ! Ah ! que cette prétention, si elle est sincère, dénote de votre part une rare et adorable naïveté ! Sachez donc, ô trop incrédule Antonia ! que votre mariage, contracté en dehors de toutes les formalités exigées par la loi, ne vous donne absolument aucun droit sur M. d'Ambron, et lui laisse à lui toute sa liberté. Rien ne s'oppose à ce qu'il contracte demain une union légitime, et ne fasse une véritable comtesse d'Ambron !

— Votre gaieté est fausse, et vos paroles sont des mensonges, interrompit Antonia. Ce que j'éprouve pour vous, señor, ce n'est plus de la haine, ni de la colère, ni du mépris, c'est du dégoût. Sortez !

Le marquis chancela. La violence de sa fureur dépassait sa force de caractère : il se sentait incapable de contenir plus longtemps sa rage, et il en redoutait l'éclat.

— Antonia, Antonia, murmura-t-il d'une voix rauque, pas un mot de plus ! Ainsi que la goutte d'eau fait déborder le vase trop plein, de même une parole, une syllabe, une simple exclamation pourrait faire déborder ma colère. Je vous répète ce que je vous disais au début de cet entretien : « Grâce pour vous et pour moi. »

— M. d'Ambron est vivant, s'écria la jeune femme, je ne crains plus rien !...

Un long silence suivit cette dangereuse réponse.

FIN DE LA QUATRIÈME SÉRIE.

Sceaux. — Typographie de E. Dépée.

www.ingramcontent.com/pod-product-compliance
Ingram Content Group UK Ltd.
Pitfield, Milton Keynes, MK11 3LW, UK
UKHW022212070726
13613UKWH00004B/1610